U0055118

風雲時代

風雲時代

財神門徒

之13

獵狐行動

劉晉成 著

財神門徒

目錄

第一章

賄賂事實

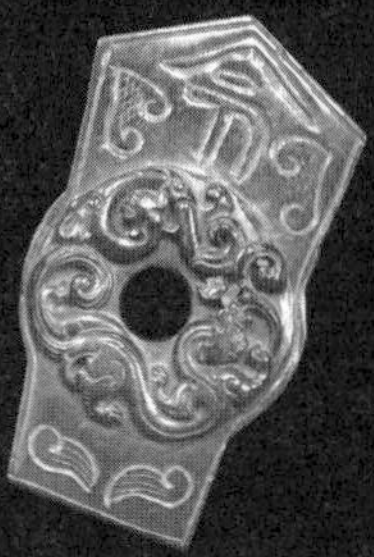

正當聶文富與金河谷在一家高檔會所裏歡愉的時候。

聶文富接到了朋友的電話，這才知道東窗事發，臉色立時變得非常難看。

二人正在捏腳，聶文富一腳把為他按摩的女技師蹬到了一邊，急忙穿上了衣服。

「聶哥，幹嘛那麼著急上火的？」金河谷還不知道發生了什麼事，笑著問道。

聶文富朝他瞪了一眼，怒吼道：「我被你害死了！」

「我知道各位與秦建生仇深似海，如果能親自報仇，那一定會大慰平生，所以我將此事交與你們二部，由管蒼生全權指揮，我全程都不參與。你們要錢我給錢，如果人手不夠，可以從一部那邊調派。總之，我會全力配合諸位。只是一點，諸位切不可讓仇恨蒙蔽了眼睛，切不可魯莽行事，凡事當謹慎行之。」

林東用心良苦，這是所有人都感受得到的。按理來說，這件事最好交給與秦建生沒有過隙的一部來做，然後由他親自坐鎮指揮，這樣成功的機率更大。而如果是這樣，對管蒼生和他的兄弟們而言則絕對是一種遺憾，所以他才下決心讓管蒼生帶著苗達七人來做，而他則選擇不參與。

二部有一點是一部沒法與之相比的優勢，管蒼生這夥人與秦建生共事多年，對秦建生極為瞭解。這也是林東為什麼要把這次任務交給二部的一個原因。

林東把管蒼生叫到了一旁，對他說道：「管先生，這次行動是和陸大哥那邊保持步調一致的，你與他那邊多多溝通，我會告訴他這件事情我已交給你來辦了。」

管蒼生道：「林總，多謝你。你把機會讓給咱們這些跟管蒼生有仇的人，兄弟們感激你的恩德，以後必然會鐵了心跟著你。」

林東笑道：「秦建生要搞我，你們幫我搞定他，該說感謝的應該是我才對。」

「不管怎麼說，你對兄弟們的好，咱們都記在心裏。」管蒼生道。

林東與他聊了幾句就離開了二部的辦公室，事情交給管蒼生辦，他完全可以放寬心。

林東找到李玲玉，交代了一下她安排苗達七人孩子入學的事情。之後，林東馬不停蹄的趕去了溪州市，那邊有一場硬仗即將打響。

他剛把車停到金鼎大廈的車庫裏，手機就響了，一看號碼是江小媚的。

林東知道江小媚必然是打聽到了什麼狀況，接通之後問道：「小媚，事情進展順利嗎？」

江小媚壓低聲音說道：「林總，我打聽到了，金河谷把建設局的一把手給搞定了，應該是塞了不少錢。那人向金河谷承諾，會幫助金河谷拿到公租房專案。」

林東沒有急著下車，坐在車裏說道：「哼，難怪金河谷那麼囂張，原來是找到了那麼硬的關係，這次我一定要他賠了夫人又折兵！」

「你有什麼計畫嗎？」江小媚問道。

林東笑道：「沒什麼計畫，只要這次能在公平公正的環境中競爭，金河谷絕不是我的對手。」

江小媚說道：「公平公正？這不大現實吧。」

「如果是幾天前，我也認為不大現實，可是現在，情況不一樣了。」林東想到了胡國權，恰好胡國權負責城建這一塊，以胡國權的作風，是決不允許下屬收受賄賂的。

「小媚，只你一人知道金河谷找了一把手這消息嗎？」林東問道。

江小媚道：「不是，金氏地產高層都知道了。金河谷為了鼓舞士氣，自己說出來的，還說這次能大賺一筆，到時候會給我們分紅。」

林東道：「好，我知道該怎麼做了。」

掛了電話，林東推開車門，下車回到辦公室。他坐在辦公室裏想了一會兒，給紀建明打了個電話，要紀建明派人過來調查溪州市建設局一把手接受金河谷賄賂的證據。林東是這樣想的，能拿到證據那自然最好，如果找不到證據，只要能找出一些蛛絲馬跡，到時候放到網上去，也能打草驚蛇，要那局長不敢輕舉妄動。

米雪昨天等林東的電話，一直等到很晚，但卻沒有等到。這令她十分不開心，情緒非常低落。江小媚明明跟她說林東會在昨天下班後把戒指送過來，而她從五點開始就時不時的看一眼手機，一直到晚上十點鐘，都沒有接到他打來的電話。

米雪很想打電話給江小媚問問情況，但又害怕被江小媚猜到心裏的想法，心裏真的是矛盾之極，幾次撥了江小媚的電話，都被她立馬又按掉了。就這樣，她恍恍惚惚睡了一夜，第二天起來時手裏還握著手機。

難道我的事情在他心裏就那麼不重要嗎？這個男人怎麼能這樣不守信用，明明說好昨天要送來的，為什麼要失約？

米雪生氣了，臉色很不好看。她恨不得當著林東的面質問他為什麼要那麼做。可轉念一想，林東並不是對她說下班後會把戒指送來，他只是對江小媚說了那麼一句，並未與她有任何的約定，做過任何的承諾，自己又怎麼能夠怨他怪他呢？

如果你愛上了一個人，無論那人做錯了什麼事情，你都會千方百計的為他找各種理由來說服自己，那不是他的錯。

米雪現在就是這樣的心境，心想林東可能是有重要的事情忙，所以才沒有過來找她，等到忙完了事情，自然就會來找她的。她說服了自己，覺得心裏暢快多了，臉上又有了笑容。

得讓自己開心起來，那樣才會氣色好，人才會顯得好看。說不定林東今天就會來，可千萬不能讓他看到自己的愁眉苦臉。

米雪對著鏡子，慢慢的使笑容在自己的臉上綻放出來。

到了下班時間，林東的確是想到要把戒指送給米雪。他進了休息室，把戒指找了出來，然後又找了個小盒子放好。

他並不知道米雪住哪兒，於是就打了個電話給她。

米雪看到林東的來電，心裏欣喜非常，果然心想事成，他果然就要來了！

「米雪，小媚說你在我這裏丟了戒指，我在上次你送過來的衣服袋子裏找到了，現在想把戒指送還給你，請問你有時間嗎？」

米雪深呼吸了幾口氣，努力使自己的心不要跳得那麼厲害，說道：「林總，謝謝你，你今晚沒什麼安排吧？」

林東如實說道：「的確是沒什麼安排。」

米雪為了爭取與他多一點的相處時間，所以打算請林東吃飯，於是就說道：「如果是這樣，那我請你吃頓晚飯吧，以作對你的答謝。」

林東根本沒想過要和她吃晚飯，也不顧米雪的感受，說道：「你貴人事忙，我就是把你的東西送給你，不需要什麼謝不謝的，晚飯就免了吧。」

米雪是個臉皮薄的女生，聽了這話也沒再說什麼，告訴了林東她所在的位置。第一次主動邀請一個男生吃飯就被拒絕，米雪的心裏十分不是滋味，又氣又惱。

林東驅車趕到了溪州市電視台，進了米雪所在的節目單位。

突然闖進來一個陌生的男人，很快就吸引來不少人的眼光。

「你找誰？」一個長髮男人走了過來，問林東道。

林東笑道：「你好，我找米雪。」

長髮男人是節目的導演張賀，以為林東是米雪的粉絲，說道：「不好意思，米雪正在工作，這時候不方便見你，請回吧。」

林東道：「不是，我和她約好了的，我來給她送東西。」

「你送什麼東西？」張賀緊張了起來，這年頭瘋狂的粉絲很多，誰也不知眼前這個看上去很正常的男人會做出什麼樣出人意料的事情。

「戒指。」林東如實答道。

「戒指？」

不少人聽到了這個詞，都圍了過來。張賀肯定這是個瘋狂的粉絲，送戒指，難道是要求婚嗎？許多女明星都遭遇過這樣的問題，張賀心裏很清楚，決不能讓這種瘋狂的粉絲見到米雪，否則會出大亂子，惹大麻煩。

「不好意思，米雪不在這裏，你請回吧。」張賀已經開始趕林東走了，語氣較之剛才，更要冰冷許多。

林東滿頭的霧水，說道：「不可能，我二十分鐘之前打過電話給她，是她讓我到這裏來找她的。」

這時，米雪的助手從外面走了進來，看到了林東。她見過林東，一眼就認出來了。

張賀把米雪的助手華姐叫了過去，低聲對她說道：「華姐，這人估計是個瘋狂的粉絲，說要送戒指給米雪，你通知米雪待在屋裏不要出來，我來趕他走。」

華姐笑道：「老張，你別緊張，這人不是什麼瘋狂的粉絲，他是米雪認識的人，讓他進去吧，人家是堂堂上市公司的大老闆！」

「哇……」

人群中一片嘩聲，眾人開始以另一種眼光打量林東，發現這男人高大英俊，而且多金，看上去與米雪還真是般配的很。

這人是米雪的追求者！

所有人都那麼斷定，因為林東說是來送戒指的。

難道這男人是來求婚的嗎？

哇……太浪漫了！

包括張賀在內，所有人都在期待那一刻的來臨。

林東跟在華姐的身後，來到了米雪所在的房間。整個節目單位，只有米雪一人有一間單間，裏面隔音設施非常不錯，方便她休息。

「林先生來了。」華姐通報了一聲，轉身帶上了門，離開了。

米雪心裏緊張得很，為了掩飾自己的緊張，則裝著在睡覺。聽到華姐的話，這才睜開了眼睛，瞧見了林東，微微一笑，「你來啦，隨便坐吧，這裏地方小，還請見諒。」

房間的確很小，但整個台裏，能有如此待遇的不會超過五個人。

林東也沒坐下，從懷裏取出了裝戒指的盒子，放在掌心，伸出手，「米雪，戒指我放在盒子裏了，給你。」

米雪並沒有去拿的意思，林東的手懸在半空，收也不是，不收也不是，一時間不知該如何是好，氣氛十分的尷尬。

米雪微仰著臉，看著林東，怯生生的說道：「能麻煩你……幫我戴上嗎？」

「啊？」林東以為是自己聽錯了，給異性戴戒指可不是可以隨便戴的。

「沒什麼。」米雪始終沒有勇氣說第二遍，伸出手把盒子從林東的手上拿了過來，說道：「謝謝你親自送過來。」

林東笑道：「別說謝不謝的，咱們是朋友嘛。米雪，既然戒指我已經送到了，我也該走了。」

「那個……我送你出去。」

米雪說了一句，隨手拿起掛在衣架上的外套，與林東一前一後的離開了房間。節目單位一群人都還沒散去，見到他倆出來，目光全都聚焦到了他倆身上。林東倒是沒覺得有什麼，而米雪則是面皮微熱，受不了這些人的眼光。

華姐最能瞭解米雪的心思，走過來大聲說道：「都別看了，該幹啥幹啥去。」

米雪一直把林東送到電視台外面，一路上沒怎麼說話。

「林東，電視台我有關係，如果你們公司需要宣傳，可以找我，我幫你找點關係，可以節省一大筆。」

米雪發現自己真是無話可講了。

林東笑道：「謝謝你米雪，如果需要，我一定會麻煩你的。好了，送到門口就行了，你快回去吧。我走了。」

米雪急忙說道：「過陣子我參演的一部電影即將上映，到時候我請你看電影，請一定賞臉。」

「是嗎？」林東笑道：「為了支持你，到時候我給公司每個員工都送一張電影票。」

米雪道：「我只是個配角，戲份不多的。我希望能與你單獨看一場電影。」

「這是我的榮幸。」林東豈會不瞭解米雪的心思，只是實在不忍心傷了這女孩的心，同時也在心裏告誡自己，再不可對其他女人動情了。

二人聊了一會兒，林東就走了。

米雪站在門口，瞧著林東遠去的車，猛然間一輛法拉利急剎車停在她面前，發出一聲長長的刺耳摩擦聲。

車門開了，金河谷捧著鮮花下了車。

「哎呀，米雪，在這見到你真是太好了。」金河谷就是來找米雪的。

米雪眉頭一皺，又是這個討厭的傢伙，「你怎麼又來了？」

金河谷臉皮很厚，笑道：「我來送花給你，米雪，上次請你擔任金氏玉石行形象代言人的事，你考慮好了沒有？如果覺得代言費不滿意，咱們還可以再談的。」

金氏玉石行現在的代言人是個國內一線的女星，代言費一年八百萬，而金河谷給米雪開的價碼則是一年一千萬。這個價碼，請天后級的明星都綽綽有餘了。

「不是錢的事，你走吧。」

米雪早已不勝其煩，冷著臉轉身走進了大廈裏。

金河谷早已習慣了她的冷臉，米雪對他越冷，越是讓他興奮，佔有欲也就愈發強烈。

「米雪，等等我……」

金河谷叫了一聲，快步追了過去。電視台裏現在基本上沒人不知道金家大少爺在追求台花米雪。金河谷要的就是這種效果，他就是要鬧得轟轟烈烈的，讓世人都知道，他金河谷看上了這個女人，其他的跳樑小丑識趣的趕緊滾遠點。

金河谷一直追著米雪到了攝影棚，今天米雪對他的態度格外的冷漠，進了攝影棚之後就進了屬於她的小房間，閉門不出。金河谷早就在攝影棚收買了眼線，見情況反常，就問了問線人，這才知道就在他來之前不久，林東來過。

「又是這傢伙！」

金河谷板著臉離開了電視台，手裏的花被他揉成了一團，塞進了垃圾桶裏。他捏緊了拳頭，目光如餓狼一般兇惡。

「姓林的，咱們看誰能笑到最後！」

金河谷朝路邊吐了一口痰，開著他的法拉利飛奔而去。直到現在，林東在他的眼裏仍舊只是個小人物，的確，與他們金家相比，林東無論是財富還是社會地位，都無法與他金家大少爺相比。可惡的是，就是這麼個小人物帶給了他諸多的煩惱。

兩天之後，紀建明親自來了溪州市，在林東的辦公室內，他把這兩天搜集到的建設局局長聶文富與金河谷接觸的資料放到了林東的面前。

「這幾天之內，聶文富與金河谷頻頻接觸，兩人相伴出入高級酒店、會所和賭場。昨晚在賭場裏，聶文富手氣不順，輸掉了一百八十幾萬，全部都是由金河谷為其墊付的。」紀建明挑出一張照片，照片上面聶文富滿頭大汗，賭紅了眼，而一旁的金河谷則是滿臉微笑，手裏拿了許多籌碼。

林東問道：「這照片是哪兒拍來的？他們敢在本市裏賭？」

紀建明道：「不是本市，這家賭場在海城，是海城三大賭場之一，叫銀海賭場。」

海城距離溪州市不過一兩個小時的車程，離蘇城和溪州市都很近。海城是全國的經濟中心，可以說好似一座紙醉金迷的不夜城，溪州市和蘇城的富商和大官們最喜歡到那個地方玩樂。

林東拿著那張照片，嘴角泛起笑意。「就這一張就夠了。」

紀建明道：「林總，那還需要繼續跟進嗎？」

林東搖搖頭，「不需要了。」他的目的並不是要將聶文富拉下馬，只是想獲得一個公平公正的環境，與金河谷平等的競爭公租房專案。

紀建明起身道：「好了，那我就回去了。」

林東把紀建明送到了外面，馬上拎起電話給彭真打了個電話。把要彭真做的事情說了一遍。他把照片發給了彭真，讓彭真傳到微博上去。就說是某地產商人與江省某市建設局一把手在海城銀海賭場一擲千金豪賭。

彭真得到消息之後，通過技術手段，把林東發給他的照片廣泛發了出去。不過幾分鐘的功夫，那條微博就成了熱點。網友們積極參與討論，還有人組織了人肉搜索，很快就把照片上的兩個人查了出來。一時間，金河谷賄賂聶文富的消息在網路上廣泛傳播了開來。

正當聶文富與金河谷在一家高檔會所裏歡愉的時候。聶文富接到了朋友的電話，這才知道東窗事發，臉色立時變得非常難看。二人正在捏腳，聶文富一腳把為他按摩的女技師蹬到了一邊，急忙穿上了衣服。

「聶哥，幹嘛那麼著急上火的？」金河谷還不知道發生了什麼事，笑著問道。

聶文富朝他瞪了一眼，怒吼道：「我被你害死了！」

說完，聶文富就急忙衝了出去。他要去聯絡關係刪了微博上有關這則消息的所有資訊。

深夜，聶文富坐在家裏的書房裏不斷的打電話。終於在天亮之前成功刪除了所有微博。而這代價是慘痛的，他為此花了好幾百萬。

聶文富走後，金河谷敏銳的感覺到事情不對勁，很快就有手下人給他打了電話，把微博上鬧的沸沸揚揚的事情說給了他聽。金河谷大驚失色，才明白為什麼聶文富剛才的臉色那麼難看。

這下完了！

聶文富自身難保，幫不了他了。而自己也可能會因為涉嫌賄賂官員而失去投標的機會。

金河谷迅速行動起來，與聶文富一樣。兩人通過不同的關係要把微博上關於他倆的照片全部刪掉。金河谷有的是錢，他不惜血本，事情進展的要迅速很多。天亮之前，他在網上已經搜不到任何有關那張照片的資訊了。

一夜未睡，金河谷頂著黑眼圈，十分的疲憊。正當他打算瞇一會兒的時候，聶文富給他打來了電話。

「金河谷，出了這事我現在是自身難保了，那事情我幫不了你了。你給我的錢我會退給你，會有人去找你。好了，咱倆儘量不要聯繫。見到我派去的人，如果有什麼事情，通過他跟我聯繫吧。」

聶文富掛了電話，揉了揉臉，把門外的小舅子叫到了書房裏。

「姐夫，一大早叫我過來幹嘛？」聶文富的小舅子盧宏斌睡眼惺忪，平時都要睡到十點才醒的他，已經有幾年沒有五點鐘就起床了。

聶文富神情嚴肅，說道：「宏斌，我可能要出事了。」

盧宏斌聽了這話，渾身打了個冷顫，立馬就清醒了，急問道：「怎麼回事啊，姐夫？」他們一家都靠著聶文富，如果聶文富這棵大樹倒了，以後的生活有多艱難簡直難以想像。

「鎮定，鎮定！」聶文富拍著桌子吼道。

盧宏斌急得團團轉，「姐夫，要我做什麼你說。」

聶文富從抽屜裏拿出一張白金銀行卡，放在桌子上，「把這張卡送給金氏地產的老總金河谷，跟他說明我現在的情況，讓他體諒。」這張卡裏有三百萬，是金河谷送給聶文富的，聶文富為了安全起見，並沒有立馬轉存到自己的帳戶裏，所以裏面的錢分文未動。

盧宏斌不是傻子，知道這張卡裏是他姐夫收受的他人的賄賂，馬上明白了事情的嚴重性，估計是上面查聶文富了。

「好，姐夫，那我現在就去辦。」

「回來！」

聶文富把他叫住了，「鎮定，不要慌不要亂，知道了嗎？」

盧宏斌心裏急得跟火燒似的，他不明白為什麼姐夫能那麼鎮定，一點都看不出來著急的樣子，就跟當事人不是他似的。

「不要被人發現你跟金河谷接觸，小心點。」

盧宏斌點點頭，「我會注意的。」

處理完這一切，聶文富走出了書房，老婆盧宏雪已經做好了早飯，端著一碗雞蛋麵從廚房裏走了出來。

聶文富坐到餐桌旁，端起飯碗，吃起了麵條。

「老聶，是不是出事了？」盧宏雪知道丈夫這些年收了不少不該收的錢，每一天都活在提心吊膽之中。

聶文富慢條斯理的吃著麵條，神色與往常無異，說道：「沒什麼事，你別擔心。」

「為什麼宏斌一大早回來？」盧宏雪追問道。

聶文富道：「我交代他辦點事情，你別瞎想了。把我的包拿給我，我上班去了。」

盧宏雪知道丈夫一向不願跟她聊家裏以外的事情，歎氣搖頭，進書房把聶文富的公事包拿了出來。

聶文富拿著包出了家門，到了單位門口，一下車就被蜂擁而來的記者堵在了車裏。

「開進去！」

聶文富吩咐司機。

車子一直開進了院裏，十幾名記者衝破了保安攔截，衝進了建設局的院子裏。聶文富總不能待在車裏不出來，只好硬著頭皮下了車，一下車就被記者圍住了。

「聶局長，請問微博上所傳的照片上的人是你嗎？」記者們紛紛問道。

聶文富保持笑容，說道：「我沒有微博，不知道你說什麼。」

「微博上說你和地產商金河谷一起去海城豪賭，請問對此你如何解釋。」

「未有之事我不作解釋。」

聶文富說完，轉身朝辦公樓走去。記者們還想再問，卻被司機和趕來的保安攔住了。

進了辦公大樓，聶文富發現下屬們看著他的眼光都是那麼的奇怪，沒有人正眼看他，每個人都好像在以一種偷窺的眼光瞧著他似的。聶文富心知那事情一定在單位裏傳開了，不過他並不擔心，裝出一副無所謂的樣子。

那條微博他也看了，因為光線的緣故，照片拍的比較模糊，拍攝的角度也不好，根本無法從照片上斷定就是他和金河谷。因此，他大可以說是受人誣陷，即便是紀檢來查，只要查不到確鑿的證據，他也能安穩無事。

上午九點，聶文富走進了會議室裏，明顯感覺到了氣氛的不正常。幾個副局虎視眈眈，似乎都在想取代他的位置。

這個會議是昨天就安排好的，聶文富裝出若無其事的樣子，開口說道：「好，大家都到齊了，那咱們就討論討論……」

幾個副局心不在焉，都暗中收集資料，準備匿名向紀檢告發聶文富，借著這把東風，把聶文富搞下台，那樣他們都有上位的機會。

會議上，只有聶文富一人滔滔不絕的吐著吐沫星子，其他人都沉默不語。

盧宏斌沒有直接去金氏地產找金河谷，而是約他出來，在他的網吧裏，把那張白金貴賓卡還給了金河谷。

「我姐夫讓我還給你的，讓我跟你說聲抱歉，幫不上你的忙了。他現在遇上了麻煩，如果你要聯繫他，那就找我吧，我負責傳話，希望金老闆能諒解。」

金河谷沒有把卡收回來，塞到了盧宏斌的手裏，「出了這事我也有責任，這錢既然送出去了，就沒有收回來的道理。請代為轉告聶局長，等到風波過去之後，我為他擺酒慶祝。」

盧宏斌很為難，他知道這卡裏是一筆很大的數目，要他送出去，也著實心疼，「可我姐夫一再叮囑我要把卡還給你呀，如果不還給你，我回去沒法交代。」

金河谷笑道：「這還不好辦，這卡你先收著，等到事情過去之後，再把卡交給聶局長，我想他應該不會怪你的。」

盧宏斌一想也是這個道理，笑了笑，把卡又揣進了懷裏。

金河谷馬上就離開了，他之所以不收回卡，是看出來聶文富這次不會垮台，照片上的人模模糊糊，光線又暗，根本就看不清模樣，頂多給聶文富帶來點麻煩，卻無法扳倒他。

聶文富是老江湖了，金河谷相信他一定能夠平安化解這場危機。

第二章

用人之道

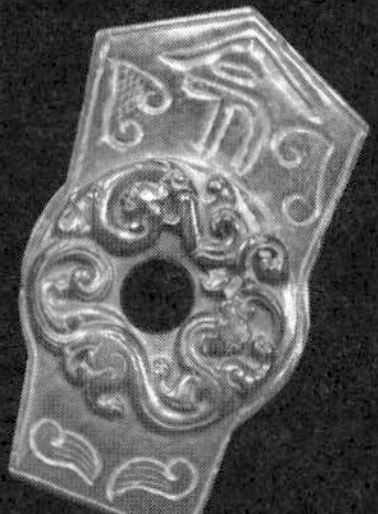

胡國權扔掉了煙頭，說道：

「今天下午聶文富找過我，他是來向我要求不過問公租房專案的事情。」

這個聶文富倒是個聰明的角色，他清楚暗中那隻手曝光那張照片的目的，也明白肯定是金氏地產的對手在暗地裏使的招，所以索性不蹚這趟渾水，主動要求離任休息。

林東吃過晚飯，照例去社區裏散散步，他還期望能見到胡國權。不過他散了一個小時的步了，還是連胡國權的影子都沒看到。胡國權現在已經開始履職了，作為堂堂副市長，每天要處理的事情很多，估計是沒有時間每晚都出來散步了。

林東心想估計是碰不到他了，開始慢慢往回走，走到胡國權家門前的時候，發現屋裏還是黑的，胡國權應該還沒有回來。抬腳往前沒走幾步，前面一道車燈射了過來，一輛黑色的奧迪朝他駛來，在他面前停了下來。

胡國權下了車，朝林東叫了一聲，「小林，有時間嗎？」

林東沒想到能遇上他，笑道：「有，我正閑著沒事做散步呢。」

胡國權揮揮手讓司機離開，走過來對林東說道：「有沒有興趣再陪我走一會兒。」

林東點點頭，二人往前走了一段路。

胡國權掏了一支煙給林東，說道：「最近看微博了嗎？」

林東點點頭，說道：「看了，還看到了一件熱鬧的事情。」

胡國權笑道：「你說說看，看看是不是我心裏想的那件事。」

林東道：「是說溪州市建設局局長與地產商共赴海城豪賭的那件事嗎？」

胡國權道：「嗯，你說的沒錯。不過今天那條微博已經看不到了，網上關於這件事情的帖子都沒了。」

「哈哈。這種情況太正常了，有權有勢的人，刪幾條微博還不小意思。」林東很想告訴他，其實那微博就是他讓人發出去的。

胡國權吸了一口煙，說道：「這時候出現這種事情，肯定跟公租房有關，小林，不會是你幹的吧？」

林東笑問道：「你說照片上賭錢的那個人，還是說曝光照片的那個人？」

「照片上那人不是你，我是問這事情是不是你捅出去的。」胡國權看著林東。

林東沒有否認，「的確是我捅出去的。胡大哥，我和你說過的，有時候為達目的，我只能採取些必要的手段。」

「你是害怕不能公平競爭？」胡國權問道。

林東重重的點了點頭，「我最害怕的就是這個，我的公司為了這個案子精心準備了很久，我的努力不能白費。如果其他競爭對手拿出比我更好的方案，我輸得心服口服。如果其他對手通過卑劣手段來跟我搶，我不會坐以待斃！」

胡國權歎道：「小林，你還是不相信我。其實你不必做這些事情的，我向你保證過，這次公租房的專案絕對會在公平公正公開的環境中競逐。」

林東道：「胡大哥，我不是不相信你，但我更願意相信我自己！」

胡國權扔掉了煙頭，說道：「今天下午聶文富找過我，他當然不是來承認自己就是照片上的那個人的。是來向我要求不過問公租房專案的事情的。他提出，說外界現在對他有很多懷疑，為了使謠言不攻自破。他決定離任，將所有事情交給幾個副手去做。」

這個聶文富倒是個聰明的角色，他清楚暗中那隻手曝光那張照片的目的，也明白肯定是金氏地產的對手在暗地裏使的招，所以索性不蹚這趟渾水，主動要求離任休息。

敲山震虎，聶文富離任之後，林東相信接下來參與公租房專案的人絕不敢再犯同樣的錯。他的本意就不是要拉聶文富下馬，否則把他手中的照片全部公佈出去，聶文富現在應該已經被雙規了。

「他倒是個聰明人。」林東冷冷道。

胡國權哈哈笑道：「聶文富想置身事外，我偏偏不許。」

林東不解，問道：「這到底是為什麼？」

胡國權笑道：「小林，這就是用人之道啊。什麼時候用什麼人，那是非常有講究的。你想啊，現在所有的眼光都盯著聶文富，他肯定是不敢再搞什麼動靜出來了，但是難保其他人不在暗地裏搞事。我不僅不讓聶文富暫時離任，反而委以他重任，要他繼續負責公租房專案的事情。如果這個專案出現任何的暗箱操作，那麼所有人都會以為是他幹的。這樣聶文富就成了最害怕出問題的人了，他還能不效死力去搞好這個專案？」

林東明白了胡國權的意思了，豎起了大拇指，「高，實在是高。」

「你放心吧，現在有聶文富替你守著大門，剩下的就看你自身有沒有能力拿下這個專案了。我還是那句老話，這個專案關係到民生，關係到政府在老百姓心目中的形象，我絕對不會讓任何人有一丁點胡來的。」

胡國權鏗鏘有力的說道。

林東放下了心，「胡大哥，你能來溪州市，是全市老百姓的福氣啊。」

胡國權道：「現在說這話還為時尚早，光有一刻廉政之心是不夠的，還要有治世的能力才行。」

二人往回走去，在胡國權的家門口分開了，各回各家。

第二天上午，市建設局就發出了建設公租房的通告，公佈了競標的時間。林東看到了通告的內容，心想聶文富的速度還真是快，這傢伙看來是急不可耐的想要向世人證明他是多麼的清廉了吧。

金河谷得知如今主事的仍是聶文富之後，心中狂喜，心想幸好沒有把那三百萬收回來，否則聶文富一定會在心裏記恨他。現在好了，聶文富並沒有因為照片的事情而被處罰，還繼續主事。雖然他現在還不方便聯繫聶文富，但金河谷想聶文富的心裏一定會偏向他的。

競標的日期定在十五天之後，為了保護本地企業，只允許本地的承建公司參與競標。公租房的建設地址已經選定了，就是毗鄰工業圈的那塊地，正是林東所料想的那塊地。

周雲平興奮的進了林東的辦公室，「太神了！老闆，你是怎麼猜到是那塊地的？」

林東笑道：「其實我也沒有十足的把握，只是覺得用那塊地的可能性更大。你上次拿給我五張圖，另外四張，都牽涉到拆遷大規模的住房，你也知道現在拆遷並不是很好弄，有許多釘子戶。而這個專案市裏大領導很著急，所以不可能花太多時間去弄拆遷。而工業圈的那塊地，周圍空蕩，要拆遷也只是有一家小廠。這種小企業根本不敢跟政府鬥，政府說拆了它，說不定還巴不得呢。」

周雲平拍掌叫絕，「哎呀，我怎麼沒想到呢？」

林東說道：「遇事情多從對方的角度想一想，那樣你就能把事情看得更透徹。」

周雲平道：「我明白了，多謝老闆教誨。」

林東認為唐寧的設計理念非常的好，突出了公租房的作用，設計方案這方面他並不擔心什麼。上次金河谷趁他去管家溝的時候從他手裏奪走了蘇城國際教育園的那塊地，林東心裏記著這一箭之仇，這一次，他要向金河谷討回來！

如果不是胡國權的出現，林東這次的勝算並不會太大，因為金家的勢力太強大了，即便是放眼江省全省，也沒有幾個比金家還要強大的家族。但金河谷的做事理念與林東不同，他把大部分的心思花在了動歪腦筋上面，而林東不同，他首先是做正事，當然也不排除會動用一些並不光彩的手段！

金河谷將大部分的希望寄託在他用心經營的人脈關係上，而林東則是將大部分希望寄託在提高自身的實力上。

兩個人心裏都憋了一口氣，這一次，雙方都有擊敗對方的信心。

聶文富在建設局內部召開了一次全體會議，多次重申要下屬們管好自己的手，不要妄圖插手這個專案。他把胡國權的原話搬了出來，務必要營造一個公平公正公開的競爭環境，不准開後門，不准徇私舞弊！

幾個副手很吃驚，他們明明知道聶文富昨天找胡國權是為了不管公租房這事情的，為什麼出了這種事情，這傢伙還可以坐在主席台上吆五喝六的呢？那麼他們還要不要繼續搜集聶文富受賄的證據呢？

聶文富看來是上面有人給他撐腰啊！幾名副局長都那麼想。如果真的是這樣，那麼扳倒他就不是那麼容易的了。

在消失了個把月之後，馮士元回來了。

帶著滿臉的滄桑與落魄，風塵僕僕的回來了。

他回到蘇城的第二天就來到了溪州市，在酒店入住之後，給林東打了個電話。公租房招標在即，林東這些天都在忙這件大事，不過馮士元是老朋友，接到馮士元的電話之後，他火速趕往了馮士元入住的酒店。

在酒店裏見到馮士元，林東差點不敢認他。

「馮哥，你怎麼變成這樣了？」

馮士元摸了一把滿臉的鬍子，臉上是掩飾不住的滄桑之色，歎道：「兄弟，我能活著回來就不錯了。」

二人坐下，林東扔給他一支煙，馮士元點燃之後，深深吸了幾口，舒緩一下他緊張的神經，也讓自己有時間理一理頭緒，想想該如何跟林東說起過去一個月所發生的事情。

一根煙只剩一半，馮士元開口說道：「老弟，知道我這個把月去了哪裏嗎？」

林東想起已有好久沒見馮士元，而且高倩也從元和證券的蘇城營業部離開了，所以他的確是好久沒有聽到關於馮士元的消息了，想到馮士元那次說起鵝蛋大的那塊綠寶石的事情，再瞧他現在的這副模樣，訝聲道：「馮哥，你……不會真的去緬甸了吧？」

馮士元點點頭，「你當我上次是跟你開玩笑的嗎？我愛賭石，更愛見到好石頭。憑我一人之力，根本無法奪得那塊綠寶石，但是我想啊，我很想看一眼，這就滿足了。」

「你看到了？」

林東低聲問了一句，瞧馮士元這滿面的愁容，他不需要問也知道答案。

馮士元搖搖頭，「哪那麼容易，你瞧我現在這副衰樣就知道了。不瞞你說，我這次連緬甸都沒去成。」

林東問道：「那你這一個月幹啥去了？」

馮士元歎道：「我到了南邊，打算出境，遇到了當地的一夥人，不小心被他們瞧出來我對那塊綠寶石有興趣，後來被他們追殺。荒郊野地的，到處都是森林。為了躲避他們，我只能往林子裏鑽。在林子裏躲了兩天兩夜，出來的時候不小心被毒蛇咬到了，然後就不省人事。我以為我這輩子算是玩完了，等我睜開眼，卻發現我不知怎麼的就到了一個原始的部落。

「部落裏的居民保持著原始的生活習俗，男人打獵，女人打理家務，晚上整個部落的人聚在一起烤肉吃。年輕的男女熱情奔放，會圍著篝火跳舞。我清醒之後，在一戶人家裏調養了幾天，因為語言不通，我一直沒法弄清楚自己是怎麼到這裏的。而我幾乎把隨身攜帶的地圖翻爛了，也沒法子在地圖上找到自己所在的位置。

「就這樣，我在部落裏住了半個多月。有一天，村子裏來了一個人，這個人與部落裏的居民不同，她和我都穿著現代的服飾。族長帶著那個人來見我，我發現她會講漢語。老弟啊，你是不知道，當你面對了整天只會嘰哩咕嚕的野人二十來天之後，猛然見到了一個語言相通的人，那種激動除非是親身經歷過，否則你是無法體會的。」

馮士元的經歷也太過傳奇了，林東不禁聽得來了興趣，追問道：「那人跟你說什麼了沒？」

馮士元的臉上漸漸露出了笑意，繼續說道：「那個人說族長已經把事情的經過告訴了他。我被毒蛇咬傷之後，中毒昏迷，是他們族裏有幾個年輕人追捕一隻野豬。哪知道野豬沒抓到，卻發現了我。如果不是這樣。我就算是捱過了蛇毒，也絕對沒法子走出那片林子。把我帶回部落之後，我就在族長家裏調養，每天按時有人來給我送吃送喝的。我身體不錯，蛇毒驅除之後不久就痊癒了，但是吃不慣每天都是烤肉，所以就在部落裏瞎轉悠，找點野果子吃吃。」

「馮哥，看來你真是福大命大，鬼門關前走一回，閻王爺不敢收你啊。」林東哈哈笑道。

馮士元笑了幾聲，想起來仍是心有餘悸，說道：「林老弟，反正我也是死過一回的人了，這條命能撿回來，剩下的時間都是掙回來的。」

林東猛然發現了馮士元臉上神情的變化，問道：「馮哥，你啥意思？難道還不死心？」

「死心？我從來就沒有死心過！」馮士元的目光忽然變得凌厲起來，說道：「沒有信仰的人，活著也是渾渾噩噩的度日，我不願意做那種人。一直以來，我都是有信仰的人，我的信仰就是要做到自己想要做的事情！不安於現狀，不沉溺於安逸的生活，不要讓軀體束縛了靈魂。綠寶石重現人間，只要有一線希望，我都不會放棄，誓要看上一眼！」

「你願意拿命來賭？」林東皺眉問道。

馮士元哈哈笑道：「我剛才不是說了嗎，我這條命是撿來的，剩下的時間都是白賺的。死就死了，只要能死在追求夢想的路上，那就算是死得其所！」

馮士元的這份執著令人動容，林東本想勸勸他，現在也無話可說了。

「對了，那個部落的事情你還沒說完呢，那個部落叫什麼名字、忽然來到部落裏的那個人又是誰？」林東心裏還有好些問題未解。

馮士元接著說道：「那部落出於滇緬交界處，如果論屬於哪個國家，那還真是不好說。依我看來，應該是哪個國家都不屬於。部落在山谷之中，有差不多三百口人，居民的服裝都很原始，以鳥獸的皮毛遮羞。村裏信奉烏拉神，每天晚上圍在篝火前，他們都會向烏拉神祈禱。我見過烏拉神的石像，就在部落的最中央，高十幾米，三頭六臂，朝著三個不同的方向，每一張臉的表情都不一樣。有微笑，有悲憫，有猙獰。

「部落的名字叫『羅俄』，羅俄在他們信奉的神當中，是烏拉的兒子。部落取這個名字，也就是說他們這個部落是烏拉神的兒子，是受烏拉神保佑的。部落裏民風淳樸，男人們雖然身材都不高大，但個個都很壯實，能在山林中奔跑如飛，也能如猿猴般在樹上蕩來蕩去。羅俄部落的女人們非常熱情，你知道嗎？在我昏迷的時候，因為無法進食，部落裏又沒有營養液那些現代的東西，竟然是喝的族長兒媳婦的奶水。後來我知道這是族長的兒媳婦主動提出來的，而且羅俄部落裏並不認為這是一件羞恥的事情，反而對族長一家更為尊重。因為在他們的部落裏，行善被認為是烏拉神教導給他們的第一法則。

「我在羅俄部落裏待了二十來天，來了一個女人，就是我剛才跟你說過的那個人。我不知道那個女人為什麼能和羅俄部落裏的人暢通無阻的交流，但是從身材和膚色來看，那個女人都不是部落裏的人。她皮膚白皙，身材高挑，眼睛大而黑，像是我們漢族人。我總不能永遠待在羅俄部落裏，那個女人來了之後，我就問她是否可以帶我離開這裏。

「那女的告訴我，她此行有兩個目的，一是來取一種藥材，是一種獸骨，另外一個就是帶我離開這裏。族長見我已經完全好了，而且經常坐在木屋外面魂不守舍的看著遠方，知道我可能是思鄉心切，所以就派人通知讓她來帶我出去。第二天，那個女人就帶我離開了羅俄部落，臨行之前，我把我背包裏的一些東西留給了族長一家，作為對他們的感謝。那女人帶我來到烏拉神面前，讓我在烏拉神面前磕三個頭，說如果沒有烏拉神的庇佑，我早就死了。那一刻，我恍惚覺得這女人應該也是部落裏的人，否則怎麼會那麼相信羅俄部落信仰的神呢？我很感謝羅俄部落對我的救命之恩，跪在烏拉神面前磕了三個響頭。」

聽完了馮士元的講述，林東感覺就像是看小說一樣，隱秘的原始部落，神秘的未知女人，這一切太令人好奇了！

想起那高十幾米的烏拉神石像，林東問道：「馮哥，那裏沒有現代化的機械，是如何把十幾米高的巨石運到部落中央的？」

馮士元道：「起初我也很費解，後來我問了那女人，她說她也不知道，說那些都是先人的智慧，而且告訴我先人的智慧是相當驚人的，這讓我想起了埃及金字塔，那豈不是更加不可思議，也就不覺得運一塊巨石有什麼奇怪的了。」

「那女人的身分你搞清楚了嗎？」林東問道，這是他心裏最後一個疑團了。

馮士元搖搖頭，說道：「她帶著我離開了部落，我們走了兩天才見到了公路。一路上我們倒是說了不少話，但是她始終都不肯告訴我她的名字。後來到了公路上，她讓我在那兒等一等，說每天都有汽車經過，然後就消失了。我站在公路旁邊等了半天，終於等到了一輛運送木材的大貨車，搭著貨車來到了昆明。死裏逃生，在那兒休息了一天，就坐飛機回來了。回來的第二天，我就來找你了。」

林東笑問道：「大哥，你來找我是為何？」

馮士元笑道：「你別揣著明白裝糊塗了，你知道我的目的。」說完，盯著林東的眼睛，馮士元一臉的期待。

「你還是想遊說我和你一起去奪寶啊。」林東歎道，「馮哥，你不惜命我還惜命呢。再說我公司那麼多的事務，實在是無暇分身。」

馮士元道：「我不是要你立馬就跟我去，你先把公司的事情安排好。而且這次的失敗也給了我教訓，不能太草率就出發，應該有周密的計畫和萬全的準備。我們需要一個團隊，需要招攬一些能人，與我們共赴險地！」

馮士元目光火熱，說的興起，更是唾液橫飛。

「別……我們？馮哥，我可沒答應和你一塊玩命啊。」林東急忙糾正。

馮士元嘿嘿一笑，「不急，反正這次我不著急。綠寶石重現人間，引來各方勢力窺伺，明爭暗鬥，要鬧騰好一陣子的。等到他們鬥得差不多了，你的事情也忙完了，再隨我過去好了。」

林東無奈搖頭苦笑，「天啊，你為什麼就瞧上我了？」

馮士元笑道：「因為你是我信得過的人，而且很聰明。」

林東揮揮手，說道：「咱們先不談這些了，走吧，跟我吃飯去吧，我為你接風。」

二人到了酒店的餐廳，只有他兩人，也沒有外人，所以就在外面的大廳裏找了個散座，要了四菜一湯和一瓶酒。二人邊吃邊聊，一瓶酒不知不覺就沒了，也沒多要。

林東送馮士元回了酒店休息，然後就準備回去了。剛到酒店一樓的大堂，迎面瞧見金河谷戴著墨鏡走了進來。金河谷也瞧見了他，摘下了墨鏡，對身旁的兩人低聲說了一句。然後撇下那兩人，朝林東走來。

「林總，好巧啊，怎麼我覺得哪兒都有你呢？」

林東呵呵笑道：「金大少，我看咱們是冤家路窄吧。」

金河谷冷冷笑道：「對，咱們的確是冤家，好像這仇是越結越深了。微博那件事，是你搞的吧？」

林東笑道：「你說什麼，我怎麼一點都聽不懂呢？」

「聽不懂沒關係，我能聽得懂就行了。呵呵，你花那麼多心思幹嘛？你看人聶局長還不是好好的嘛。聽說過一句話沒？」金河谷惡狠狠的盯著林東。

林東搖搖頭，「什麼話？願聞其詳！」

「蚍蜉撼大樹，可笑不自量力！」金河谷咬牙切齒道。

林東「哦」了一聲，「蚍蜉撼大樹，金大少難道不覺得這份不自量力很可敬嗎？況且誰是大樹、誰是蚍蜉？有些人未免太誇大了自己。」

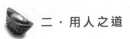

「等著吧你，這次的公租房是我的，我一定讓你跟上次那樣輸得很慘！」金河谷說完，轉身走了。

金河谷看上去勝券在握，林東心裏高興，他越是囂張，等到失敗的時候，就越是沮喪。

出了酒店，林東上車後不久，就接到了柳枝兒打來的電話。柳枝兒一般很少給林東打電話，因為她知道林東很忙，而且害怕被高倩知道她的存在。

電話接通之後，柳枝兒說道：「東子哥，好久沒見你了，你最近都很忙嗎？」

林東知道柳枝兒這是責怪林東太久沒去找她了，說道：「枝兒，我正開車呢。你在哪兒呢，下班了嗎？」

柳枝兒道：「今天結束的早，已經到家了。」

「好，正好我現在沒事了。我去找你。」

掛了電話，林東就開車直奔春江花園去了。

柳枝兒在家裏做了幾道家鄉菜，林東一進門就聞到了那熟悉的香味。

「枝兒，哪來的鹹鵝？」林東問道。

柳枝兒道：「東子哥，胖墩來了你怎麼不告訴我？這鹹鵝就是他給我的。我無意中在街上碰到他的，如果不是他叫我，我都不敢認。」

林東道：「哦，是這樣啊，胖墩在我的工地上做事。」

「胖墩帶了一些不少的鹹貨，準備留著嘴饞的時候吃的，你也知道，咱們老家的鹹貨，就算是擱上半年不吃也不會壞掉的。胖墩見到了我，非要拿給我。」柳枝兒笑道。

林東瞧著一桌子的菜，說道：「枝兒，夠吃了，別做了。」

柳枝兒洗了手，從廚房裏走了出來，笑道：「胖墩還給了我鹹魚，我放在鍋裏煮呢。東子哥，洗手吧，咱吃飯。」

林東進廚房洗了手，走了出來，柳枝兒拿了一瓶酒出來，倒了一杯給林東。

林東雖然已經和馮士元在酒店裏吃過了晚飯，但聞到了家鄉飯菜的味道，饞的直流口水，再吃一頓也無妨。

「東子哥，我想改天把胖墩請到家裏來做客，他不僅是咱們的同學，還是你的好朋友，人家又給了我們那麼多東西，應該請他到家裏來吃頓飯。」柳枝兒把筷子給了林東，說道。

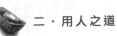

林東點點頭，「行啊。不過工地上的事情吃緊，他不一定能抽出空。對了，你今天是什麼時候遇到他的？他應該在工地才是。」

柳枝兒說道：「他陪一個工友看病，我今天下午休息，所以想去買些春天穿的衣服，所以就遇上了。對了，我爸打電話來了，讓我勸勸你回去參加雙妖河造橋的奠基典禮。東子哥，這事你自己做主，如果不想回去，我來替你答覆我爸。」

林東道：「我回去，不過是兩天的時間。我在老家還有別的專案，總得回去看看。」

柳枝兒笑道：「那我明天告訴我爸，省得他動不動打電話來問我。對了，我抽時間給林大伯和大媽買點東西，你帶回去給他們，還有就是我爸我媽和根子的，你也幫我捎回去。」

柳枝兒夾了一塊老鵝肉給林東，說道：「這可是胖墩他娘自己做的鹹鵝，是他家養的草鵝，味道很甜美，口感十分勁道，你多吃些，在這裏可不容易吃到這些。」

每一次來到柳枝兒這裏，林東都能感受得到一種獨屬於家的溫暖。柳枝兒給了他無微不至的照顧，又從不要求什麼，林東始終覺得虧欠這個女人太多太多。

鍋裏的魚煮好了，從廚房裏飄出來的香氣越來越濃。柳枝兒起身進了廚房，把魚盛到了碗裏，端了出來。她嘗了一口，笑道：「東子哥，你快嘗嘗，我用高壓鍋煮的，煮的非常軟爛。」

鹹魚經歷風吹日曬，乾硬如鐵，在他們老家那裏，吃鹹魚之前要把鹹魚放在熱水裏浸泡很久，然後放到鍋裏之後，還要猛火煮上好一會兒，否則根本就咬不動。老家沒有高壓鍋這種東西，柳枝兒也是頭一次用，果然，經過高壓鍋煮的鹹魚就是好吃。

柳枝兒給林東夾了一大塊魚肉，林東嘗了一口，的確非常不錯。

「枝兒，我應該出錢給你開一家飯店的，你這手藝不掌大勺實在是屈才了。」林東誇讚道。

柳枝兒搖搖頭，「做廚師又看不到大明星，我不幹。東子哥，你知道嗎，我最近又看到了不少大明星，有……」

柳枝兒說起了在片場看到了大明星，連飯都忘記吃了。她最近也跑了不少龍套，花不了多少時間，還能額外賺到錢，用柳枝兒的話來說，最重要的是可以鍛煉演技，過一把當演員的癮。

一桌子的家鄉菜，林東胃口大開，一邊聽著柳枝兒講最近的所見所聞，一邊不住嘴的吃著菜，心裏十分的滿足。

吃完飯之後，柳枝兒收拾了鍋碗。

上了床之後，柳枝兒就躺進了林東懷裏，半邊臉壓在他的胸口上。幽幽的女人香鑽入鼻中，林東很快有了反應。

一時間，滿室皆春。

為了擠出更多的時間準備公租房的投標，林東把所有參與這個專案的人都安排住進了酒店裏。萌芽設計公司的唐寧和他的團隊也入住了酒店。他們的設計雖然已經很好，但是林東為了能拿出最滿意的作品，所以要求他們要每一個細節都做到最好。

上午，林東到了酒店。

周雲平的辦公地點也轉移到了這裏，他負責統籌工作，所有的雜務都由他管理。

「今天有什麼情況嗎？」林東問道。

周雲平答道：「所有人都很努力。」

林東道：「就快到投標的日子了，我這心一刻也安靜不下來。小周，一定要確保咱們的標底不外泄，否則就前功盡棄了！」

他可以在金河谷那裏安插江小媚做臥底，也難保金河谷沒在他這邊安插臥底。所以為了保密，林東把參與投標的工作人員集中到了酒店，要求所有人在投標開始之前不准離開酒店。

「外泄的可能性不大，所有人都是靠得住的。」周雲平道。

「人心隔肚皮，你還是盯緊了些。」林東道。

周雲平點點頭。

林東進了房間，這是一間總統套房，裏面會議室、會客室都有。過了不久，江小媚發來了簡訊，問林東是否可以見面。

林東想了一想，和江小媚約定了一個地點，他知道江小媚必然是有什麼重大的發現了。

離開酒店，林東驅車而去，十幾分鐘後出現在一家咖啡店門口。

進了咖啡店，林東對服務員說道：「麻煩，我要一間雅座。」

林東坐下許久，江小媚姍姍來遲。林東早已在簡訊裏告知她在哪間雅座，到了之後，江小媚就直接進去了。

「抱歉，我來晚了。」

林東微微一笑，江小媚的確是太不守時了，他已經喝了幾杯咖啡了。

「是不是遇到什麼事情了？」林東瞭解江小媚，如果不是遇上了突發情況，她不會晚到兩三個小時的。

江小媚點點頭，「臨出發前，金河谷又把大夥召集起來開會了。」

「你喝什麼？」林東笑問道。

江小媚道：「給我一杯花茶吧，最近嗓子不好，不能喝咖啡。」

過了一會兒，服務員就送來了一壺香茗。

林東替江小媚倒了一杯，熱騰騰的水霧自杯中瀰漫升騰，安靜的雅座裏，舒緩的藍調音樂之中，兩個人面對面坐著。這樣的環境，對彼此來說，都是一種非常愉悅的享受。

江小媚開口說起了正事，說道：「林總，騰龍設計今天送來了設計方案。」

林東心中狂喜，如果能提前得知對方的投標方案，那勝算肯定會大很多，所謂知己知彼百戰百勝，便是這個道理。他小小的抿了一口咖啡，並未表現出有多麼的驚喜。爬到了今天的地位，鎮定已經成為他必須具備的素質。

江小媚早已習慣了林東的沉穩，這個年輕人，是她所見過的年輕人當中最令人捉摸不透的一個，有時感覺天真的像個孩童。有時感覺凌厲的像一把屠刀，有時感覺深邃的像一泓清潭。

「騰龍設計公司派了一個團隊過來，一共六個人。金河谷花了大價錢，這六個人個個都是騰龍設計公司的王牌。」江小媚語速極快，揀重要的說，「他們的設計方案是這樣的……」

林東聽完之後，皺緊的眉頭放鬆了下來，嘴角竟然掛著一抹淡淡的笑意。金河谷真是冤大頭，什麼精英團隊，什麼騰龍設計公司，明明就是上次騰龍設計公司的兩個人拿來給他看過的方案。

估計騰龍設計公司是對自己的方案十分有信心，否則也不會拿給林東看過的方案交給了金河谷。如果不是這樣的話，那就只有一個可能，騰龍設計公司只想賺金河谷的錢，卻不想出力。

「林總，怎麼了？」江小媚見他神情異常，不解的問道。

林東笑道：「小媚，金河谷如果知道騰龍設計公司今天遞給他的設計方案是我在十天前就看過的，那金河谷會是什麼反應？」

「啊，不會吧？」

江小媚簡直不敢相信，張大嘴巴訝聲道。

林東重重一點頭，「誰說不會？大概十天前，騰龍設計公司派了兩個人到我辦公室，當時在場的還有萌芽設計公司。兩方人向我闡述了各自的設計理念，騰龍設計公司所說的與你剛才說給我聽的差不多。」

「這樣的設計公司也能稱得上是溪州市排名第一的設計公司？」

江小媚聽了這話，連她都要為金河谷氣憤，這家公司也太不把客戶當回事了。

林東笑道：「店大欺客，騰龍設計應該是對他們的設計方案很有信心啊。」

江小媚道：「林總，說實話，那套方案我看過了，的確是非常不錯，也難怪他們把你未採用的方案送給了金河谷。我多問一句，當初你為什麼要否定掉他們的方案，而採用一家名不見經傳的小公司的方案呢？」

林東笑道：「因為騰龍設計公司的設計師不懂得公租房的用途，不懂得公租房是為誰建的。而萌芽的四個年輕人，他們都是外地人，畢業後留在溪州市，在城市裏打拚，他們對公租房有深刻的理解。我只說一點，騰龍設計公司要把每套房子的面積設計為九十平米，而萌芽卻提出了截然相反的理念，他們設計的每套房面積在四十五平米左右。小媚，你有沒有想過這意味著什麼？」

江小媚皺眉沉思了片刻，恍然大悟，「那就意味著能夠有更多的打工者住進公租房裏。」

「對，你說的沒錯。這就是我認為萌芽設計公司比騰龍設計公司瞭解公租房的目的的原因。在外打工的人，多半是兩口子，最多再加上一個孩子，住九十平米的房子太大，畢竟公租房只是他們租用的房子，並不是自己購房，有四十五平米足夠兩口人住的了。」

江小媚笑道：「林總，我想你明天的投標致辭一定會很精彩！」

林東道：「如果政府採納了我的方案，至少會多一倍的人住進公租房裏。對社會而言，這是行善！如果讓金河谷拿到了專案，那是一種資源的浪費。明天，我會全力以赴！小媚，辛苦你了。」

江小媚眼神微微有些癡迷的看著眼前的男人，就像是一個小女生對大哥哥的崇拜，他說話時候的樣子，真是好看。

「林總，好想回到金鼎與你並肩作戰。」江小媚略帶惆悵的說道。

林東道：「小媚，如果你覺得做臥底太辛苦，歡迎你隨時回來，金鼎建設永遠給你留著位置。」

江小媚笑了笑，深吸了一口氣，「我剛才是說著玩的，我肯定會回去，但不是現在。我這個人，不達目的是不會甘休的。金氏地產還沒倒，我還有很長的路要走。」

林東說道：「小媚，咱倆分開出去吧。」

江小媚道：「你先走，我在這坐一會兒。」

「那我走了。」

林東起身離開了咖啡廳，上車走了。江小媚本來是沒必要打電話約林東見面的，但她今天卻十分的想要見他。這次的臥底行動不知何時才能結束，她的內心備受煎熬，唯一能給她安慰的就只有林東一個人，所以當她累了厭了倦了的時候，想起的總是林東，因而就會不可自抑的想要見到他。

江小媚看著玻璃茶壺下面燃燒的酒精，藍色的小火苗歡快的跳躍著。對著這小火苗出了一會神，江小媚回過神來，在心裏暗暗告誡自己，為了安全的完成任務，以後還是與林東少見為妙。其實想一想，她與林東日後應該會經常見面，不過會是以敵對的身分見面，這樣也挺有意思的。

第三章

真正符合需求的設計

林東的目光從眾人的臉上掃過，所有人的臉色都有點肅穆，這是他接手金鼎建設以來角逐的第一個大型專案，對於金鼎建設極為重要。對他本人來說，這是他與金河谷的第一次交鋒，誰贏誰輸，頗為重要，關係到信心與榮譽。

對於公司而言，如果他輸了，將會失去很多人對他的信任，如果那種情況真的發生，也可以肯定的是將會有更多的人離開也可去金氏地產。

林東回到酒店，夜幕降臨，他的總統套房內，萌芽設計公司的四個人正在做最後的準備，爭取拿出一份完美的設計方案出來。而周雲平則是把自己鎖在房間裏，作為秘書，他要為林東操刀代筆，寫一篇競標致辭。

周雲平在初中的時候就在雜誌上發表過文章，文筆相當不錯，到了大學，更是以一個管理學學生的身分擊敗了文學院的許多好手，拿到了好幾屆文豪大賽的頭等獎。

這次競標公租房專案，他全程參與，所以瞭解一切重點。在房間裏閉關了半天，周雲平改了又改，總算是拿出了一份令自己滿意的演講稿。只不過明天上台演講的是他的老闆林東，他多希望這份包含他心血的演講稿可以發揮出一點作用，那樣無論是誰上去發言，都無關緊要了。

到了林東的房裏，周雲平把列印好的演講稿遞給了林東。

「老闆，你看一下，這是我草擬的競標致辭稿子。如果有問題，我再回去改。」

林東拿了過來，周雲平洋洋灑灑寫了一萬多字，足足列印了十來張紙。

周雲平構思的很用心，林東也看的很認真，他一字一句的讀了出來。周雲平的文字樸實無華，通俗易懂，作為演講稿，這絕對稱得上是一篇優秀的演講稿。最重要的是，周雲平始終能夠把握主線，字數雖多，但都是圍繞著公租房的用途這個中心來的，理據充實，很有說服力。

「小周，沒想到你還寫的一手好文章！」

讀罷周雲平為他寫的演講稿，林東由衷的發出了讚歎。

周雲平臉色微紅，不好意思的笑了笑，說道：「其實我還有個理想，就是做一名作家，不過聽說中國的作家百分之九十都差不多餓得沒飯吃，所以就放棄了理想。」

「誇你兩句還上天了！」

二人哈哈笑了起來。

林東道：「小周，陪我去看看唐寧他們吧。」

「好。」

周雲平走在前面，進了總統套房裏的會議室內，瞧見唐寧他們還在忙。

林東走了進來，問道：「諸位，還沒忙完嗎？」

唐寧笑道：「林總，其實已經結束了，大家現在在查遺補缺，為的是能做出一份完美的方案。」

林東道：「世界上沒有完美，但是努力可以使人無限接近完美。唐寧，我看你和你的團隊該歇歇了。今晚大家飽餐一頓，早些休息，養精蓄銳迎接明天的審判！」

林東轉而對周雲平道：「小周，訂一桌好菜，把萌芽設計公司的四人和咱們的競標團隊都叫上，讓大夥兒好好吃一頓。」

「好，我現在就去辦。」

周雲平走到會議室外面，大叫道：「老闆請大家吃大餐啦，大家準備一下。」

套房內立馬就響起了一陣陣的歡呼聲。

林東離開了會議室，回到了自己的臨時辦公室裏。

晚飯的時候，當萌芽的四位設計師和金鼎建設的競標團隊在一起歡快的吃大餐的時候，林東則把自己鎖在了房裏。最重要的時候就要到了，所有人都可以放鬆下來，唯獨他不可以。

周雲平草擬的投標致辭稿已經相當完美，但林東心想明天應該不會有太多的時間留給他去把那長篇大段說完，也不會有人有那麼好的興致聽他說完那長篇大段。畢竟即將到來的是一場競標，而非學術研討會。

他把周雲平遞來的稿件進行了適當的刪減與提煉，把其中的要旨提煉出來，更加突出主旨。一萬多字被他濃縮成了兩千來字，林東反覆讀了幾遍，把文字改為與他說話習慣接近的語言，然後熟記於心。

他必須要做好最好的準備，以面對最難以預料的變數。

第二天一早，所有人都起得很早。

吃過了早餐，眾人在林東總統套房的會議室裏聚集。

林東的目光從眾人的臉上掃過，所有人的臉色都有點肅穆，這畢竟是他接手金鼎建設以來角逐的第一個大型專案，能否拿下，對於金鼎建設極為重要。對於他本人來說，這可以說是他與金河谷的第一次正面交鋒，誰贏誰輸，頗為重要，關係到信心與榮譽。對於公司而言，如果他輸了，將會失去很多人對他的信任，如果那種情況真的發生，他可以肯定的是將會有更多的人離開他而去金氏地產。

這一站，只能贏不能輸。

戰前的會議林東不想多講什麼，他從所有人的眼睛中看到了渴望，那是一種對勝利的渴望，對肯定自己的渴望！

「出發！」

聲音不大，卻在會議室內清楚的傳開了，所有人都聽得清清楚楚。

周雲平補充了一句，「大家再次檢查一下所要帶的資料，看看是否有沒帶的。」

沒有一個人說話，林東走出了會議室，所有人都跟在他身後。

周雲平安排了兩輛商務車，把萌芽公司的四人和金鼎建設的競標團隊都帶到了建設局。到了那兒，工作人員問明了他們的身分，就把林東等人帶到了一個很大的會議室裏。

金河谷和他的團隊已經到了，他們看上去非常的輕鬆。一點也不緊張，好些人聚在一起抽煙說笑，倒像是來參加茶會的。林東掃了一眼金氏地產來的這些人，江小媚坐在金河谷的身旁，人群中有好些人都是過去金鼎建設的舊將。

金河谷今天帶這些人過來，就是給林東眼裏扎刺的。

「林總，我們在這邊坐吧？」周雲平指了指右邊，那裏有好幾排空蕩的座位，足夠他們這些人坐的了。

林東點點頭，說道：「小周，你帶大家先坐下，不要緊張，我去會會老朋友。」

周雲平安排了眾人坐下，林東獨自一人朝金氏地產競標團隊所在的位置走去。

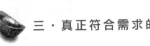

笑。

金氏地產競標團隊的所有人都瞧著他，以金河谷為首的許多人更是嘴上掛著冷笑。

金河谷帶了三十幾人過來，光從陣勢上看，要比林東的九人團隊大多了。

走到跟前，林東和所有認識的人都一一打過了招呼。

「諸位來得早啊！」林東笑道。

金河谷坐在那兒，一動也未動。盯著林東說道：「林總，不會是走錯地方了吧，到我這邊來幹嘛？」

林東笑道：「金大少，我見你這邊有不少熟人，特意過來打招呼。哎呀，金大少，我得感謝你啊。自從我公司去了不少人到你那邊之後，每個月要支付的工資少了一半多。人員少了，做事也就不推三推四的了，工作的效率一下子提高了很多。金大少，我是真誠來向你致謝的！」

金河谷臉色微變，冷冷笑道：「我看這個謝就不必了吧。今天結果出來之後，我請你參加咱們公司的慶功宴。」金河谷信心滿滿，一副勝券在握的神情，彷佛公租房的專案已經落在了他的手裏。

「行，如果到時候你們還需要慶祝的話，我一定去討一杯喜酒喝喝。」林東言下之意就是勝負未分，姓金的你不要太得意了。

金河谷哈哈一笑，「我一定不會讓你失望的，那杯喜酒，你喝定了！」

林東付之一笑。

回到了金鼎眾人所在的位置上，林東剛坐下來不久，就見門外又來了一隊人。

周雲平在林東耳邊低聲說道：「老闆，是萬和地產的人，走在最前面那個中等個子的胖子是萬和地產的老闆石萬河。」

石萬河五十出頭，個子不高，卻十分的肥胖，看上去還算精神。他是溪州市最早做地產的人，前些年地產行情非常火爆的時候，他的確是賺了不小的一筆錢，不過近兩年來隨著全國性的大地產公司逐漸參與到溪州市的這塊市場之中，加上國家對於樓市的嚴厲調控，萬和地產近幾年來一直在走下坡路。不過瘦死的駱駝比馬大，即便是這樣，萬和地產的實力也要比林東的金鼎建設和金河谷的金氏地產實力雄厚，仍是不容小覷的一支力量。

林東和石萬河很少接觸，主要是因為石萬河這個人比較低調，這些年已經很少在一些場合上露面，今天能來，看來也很看重公租房這個專案。

出於禮貌，林東走了過去。

「石總，今天終於見到了您的廬山真面目，榮幸之至啊！」

林東雖未見過石萬河，石萬河卻是認識林東的，瞇眼笑道：「林總，現在是你們小夥子的天下了，我這種老頭子都不敢出來了。」

石萬河不是省油的燈，對於溪州市趨勢的變化和各方勢力的崛起與衰退，他心裏跟明鏡似的。林東在短時間內迅速崛起，早已經引起了他的注意，對於林東頗為瞭解。

可惜以林東的性格，卻不是個可以合作的人，若不然，他倒是希望與林東合作，而不是另一個。

「石總，您是業內的前輩，若是有暇，我一定登門請教。」林東自謙道。

石萬河哈哈笑道：「石某一定歡迎。」

二人寒暄了一陣，石萬河就帶著手下人找位置坐下了，林東也回到了己方的方陣之中。

石萬河帶著團隊從金河谷面前走過去的時候，二人只是互相微微頷首，除此之外，二人並沒有其他的交流。

石萬河帶著他的人馬坐下來之後，三方陣營就算到齊了。過了一會兒，陸續又來了兩撥人馬，他們也都是溪州市本地的地產公司，雖然實力不能與最先到的三家相比，但也不肯放棄這個大好的機會，因為誰都知道，拿到公租房專案意味著什麼。

能否賺錢先放在一邊不說，只要拿到了這個專案，就有了與政府打交道的機會。只要能與政府打好關係，接下來自然便會財源廣進。

五家公司都到齊之後，不瞭解情況的，一定會以為林東的金鼎建設實力最差，因為他們只有九個人到場。與之相比，剩下的兩家小公司也都帶了十多人過來，人多不一定有用，但至少可以壯壯聲勢。

會議廳裏來了不少媒體的記者，這個專案是政府公開招標，而且又牽涉到民生，所以政府邀請了不少媒體來到現場。競標沒開始之前，各路記者就開始對溪州市當地的五家前來競標的地產公司人員進行了採訪。

金鼎建設這邊因為人少，而且頗為低調，坐在偏角落的位置，所以一切都顯得不是特別顯眼，遠沒有另外幾個地方熱鬧。

最熱鬧的地方當屬金氏地產和萬和地產那兩邊，萬和地產是溪州市的老牌勁旅，不少人現在住的房子就是他們公司當年開發的。因為受到關注也是有原因的，即便是現在，論起綜合實力，萬和也應該是溪州市本地地產公司的領頭羊。

而金氏地產之所以受到媒體的關注，完全是因為金河谷金家大少爺與繼承人的身分。金家是江省為數不多的世家大族，家大業大，根深蒂固。在江省的地位超然。金河谷年紀輕輕就接手金家的生意，自然會受到媒體的關注。

不過所有媒體似乎都對金河谷怎麼做生意不感興趣，對於他的私生活倒是追逐的樂此不疲，頗有刨根問底的精神。

「金大少，請問你是否仍和女星齊美婷在交往，你們的關係發展到什麼程度了？」

「金大少，聽說你最近移情別戀，正在追求本市著名美女主持人米雪，是否真有此事？」

「金大少，有人說曾看到你帶著一名年輕女性去做墮胎手術，這是真的嗎？」

……

被記者們問這問那，金河谷一點也不生氣，臉上仍是掛著笑意。他的私生活很亂，也很喜歡讓自己糜爛腐朽的生活曝光在媒體上，他覺得能與那麼多的女人傳出緋聞，那是他金大少的本事。

金河谷的一邊坐著江小媚。另一邊是他的秘書關曉柔。江小媚聽到記者們的這些問題，臉上的表情始終未變，當聽到有記者說金河谷在追求米雪的時候，她的心往下一沉。金河谷這個人太過花心，絕對不可能鍾情於一個女人一輩子的。他追求的是新鮮感，如果讓他得到了米雪，江小媚可以想像得到米雪的下場是什麼，絕對逃不過「始亂終棄」這四個字。

米雪在感情方面就如一張白紙，江小媚深深的擔心起來，米雪沒有應付男人的經驗。而金河谷又是個不擇手段的傢伙。想著想著，江小媚心裏有些惱怒，這個米雪，難道不當她是姐妹了嗎，怎麼到現在都沒跟她提起金河谷追求她的事情呢？

江小媚不知，米雪此刻心裏只記掛著林東，別的男人，根本無法令她分心關注。

關曉柔雖然早知道金河谷與太多的女人有牽扯不清的關係，不過當她聽到記者們的問題時，心裏仍是醋意泛起，一張俏臉如罩寒冰，聽了一會兒，實在是聽不下去了，猛地站了起來，弄出了不小的動靜。

「我去趟洗手間！」

金河谷根本不顧忌關曉柔的感受，像關曉柔這樣的女人，除了臉蛋和身材，別無是處，除了依靠他這種有錢的男人，還能怎麼辦呢？

金氏地產這邊的氣氛十分的輕鬆，金河谷面對媒體記者的採訪，毫無顧忌的聊起他風花雪月的事情。

等到九點鐘一到，記者們就全都歸位了。他們知道今天來這裏的目的，是要為政府做好宣傳工作。

聶文富帶著建設局的領導班子從入口處走了進來，一行人魚貫而入，坐到了前面的主席台上，所有人的臉上都是帶著笑容的，尤其是聶文富。今天所有的媒體記者都已經被提前告知不准問有關微博的那件事，所以方才在採訪金河谷的時候，沒一個人問起。

主席台最中間的那張座位是空出來的，聶文富就坐在那張空座旁邊，有意無意的朝下面掃了一眼，對金河谷微微點了點頭，金河谷還以一笑。

石萬河的眼睛是雪亮的，瞧出來聶文富和金河谷必然有關係，他今天是帶著人來湊熱鬧的，前些天金河谷找到了他，要他放棄爭奪這個專案。當然，金河谷又不是他爹，不可能他說什麼就什麼。

石萬河和金河谷都是商人，如果有合適的條件，石萬河退出競爭也不是不可以，雖然他也很饞公租房這個專案。兩百萬方的大專案，油水可是撈不盡的，尤其是這類政府專案，投資有多大，油水就有多大。

金河谷向他分析了目前溪州市的局勢，地產方面，可謂是三足鼎立，金氏地產、萬和地產加上林東的金鼎建設。這三家，綜合實力最強的是萬和地產，最有錢的是金氏地產，而林東的金鼎建設與這兩家相比，並沒有什麼明顯的優勢。

金河谷認為，這次公租房專案的競爭，其實就是他的金氏地產和石萬河的萬和地產的兩強競爭，只要石萬河肯讓步，那麼這公租房的專案就是他的了。因而，金河谷找到了石萬河，希望能夠達成一致。

他首先告訴石萬河，市政府上下他都已經打點通了關係，然後告訴石萬河，公租房的專案他志在必得。石萬河是老江湖了，不會被他幾句話唬住，同樣告訴金河谷，對於公租房這個專案，他也做足了準備。

二人互相探了探對方的深淺，之後，金河谷開出了條件。只要石萬河退出競爭，而他又能拿下公租房這個專案，金氏地產將拿出在蘇城國際教育園那塊地與萬和地產共同開發。

這個條件的確很誘人，國際教育園那塊地可以說是個聚寶盆，日進斗金是可以預見的。石萬河有些心動了，但他並沒有立即就表示接受金河谷的條件。

如果他答應了金河谷的條件，放棄了競逐公租房這個人人眼饞的肥肉，那麼到時候如果金河谷也沒能拿到公租房這個專案，那金河谷開出的條件就不會兌現，到時候他兩頭都沒落到好處，這就虧大了。

經過反覆的討價還價，金河谷讓了步，不管到時候他能否拿到公租房這個專案，石萬河都可以參與到蘇城國際教育園的專案中去。如果他沒拿到，石萬河將會獲得國際教育園項目百分之十五的股權，如果他拿到了公租房專案，石萬河可以獲得百分之四十的股權。而石萬河要做的就是帶著他的團隊虛晃一槍，故意在競標中輸給金氏地產。

競標即將開始，金河谷開始有點激動了，如果能當著林東的面拿下公租房專案，那將會是一種前所未有的爽快感覺。而四家對手之中，除掉兩家實力不是同一等級的對手，加上與石萬河事先達成的約定，他剩下的對手就只有林東一人！

林東坐在那裏，目光看著前方，頭腦裏將待會上台要說的競標致辭過了幾遍。從小到大，他從沒有過上台演講的經歷，沒有經驗，所以他必須要做好一切準備。

就快九點半了，會議廳關上的大門忽然開了，胡國權在秘書的陪同之下走了進來。皮鞋踏著地面的清脆聲在會議廳內傳開了，記者們的閃光燈紛紛對著他，這是本市新上任的副市長，當然是他們今天要關注的重點。

五家地產公司的所有人也都朝胡國權望去，胡國權步履沉穩，面帶微笑，很快就上了主席台。

「不好意思各位，臨時出了點狀況，我來晚了，抱歉。」

胡國權站在主席台上朝台下鞠了一躬，然後才在中間的那個空位上坐了下來。

胡國權進來之後，始終沒有把目光定在某一個人身上，這也表明他今天不會偏袒誰。

聶文富低聲在他耳邊說道：「胡市長，咱們是否可以開始了？」

胡國權點點頭，「那就開始吧。」

聶文富咳了幾聲，試了試話筒，說道：「首先歡迎諸位的到來，下面我向大家介紹一下今天到場的領導與同事……」說了一通廢話之後，聶文富才將話題轉移到正題上，大談建設公租房的意義與目的。

開場白過後，聶文富把話筒推到了胡國權面前，「胡市長，請您講幾句。」

胡國權對著話筒說道：「我沒什麼好講的，耽誤大家時間，已是不該，那就開始吧。」

胡國權是實幹派，最討厭務虛的那一套，說完，往椅子上依靠，等待參與競標的各家地產商將設計方案拿出來。

聶文富負責主持這次競標，說道：「那就抓鬮決定上來展示方案的順序吧。」

他剛一說完，就見一個工作人員拿著一個紙盒走到前面。

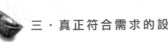

「你們各家派一個人過來抓鬮吧。」

林東朝身邊的周雲平笑道：「小周，你去吧。」

周雲平一點頭，站起來走了過去。

金河谷本想讓關曉柔去抓鬮的，但關曉柔剛才去了洗手間之後，到現在也沒回來，只得把任務交給了江小媚。江小媚與周雲平相遇，周雲平不瞭解情況，對江小媚的態度非常冰冷，視若無睹，連一聲招呼都沒打。

五家都派了人過來抓鬮，五人不分先後，一起伸手進去抓了個紙團出來。

「請各位把紙團展開吧。」負責抓鬮的工作人員說道。

周雲平展開紙團，上面是個「三」字，微微一笑，這個順序不前不後，倒真還是不錯。

江小媚抽到了二號簽，轉身告訴了金河谷，金河谷點點頭，就算是第一個上台他也不在乎，在他心裏，這個專案已經屬於他了，上場不過是走個過場而已。

工作人員登記好了五人抽到的簽號之後，五人就各自回到了座位上。

聶文富當眾把上台展示方案的順序念了出來。那兩家小公司的順序分別是第一位和第四位。第二位是金氏地產，第三位是金鼎建設，而石萬河的萬和地產排在了末位。

「下面請石龍地產公司的代表上台展示方案。」聶文富道。

石龍地產公司派了個年輕貌美的女秘書上來，三月裏的天氣，溪州市的氣溫仍然很低，這女秘卻穿著包臀的短裙，露出兩條白花花的美腿出來。走動間，豔光四射，極度吸引人目光。

案。

她手裏拿了一疊方案，走到台上，給主席台上坐著的每一位都送去了一套方案。

她是石龍地產老總歐陽石龍的秘書，名叫卓鶴。身材高挑，有著白雪一般美白的肌膚，兩隻眼睛水汪汪的，令人看一眼就忘不了。

投影幕上展出了石龍地產帶來的設計方案，卓鶴含笑而立，雙腿一前一後的交叉站了，站姿十分的優美。台上台下，好多男人不是盯著投影幕，而是盯著她的一雙美腿。

卓鶴的聲音非常甜美動聽，眾人沉浸於她營造出的美好之中，倒是沒有多少人仔細的看著石龍地產帶來的設計方案。林東在台下看著投影幕，石龍地產的這套方案可以說是很一般，他看了一會兒，就知道這樣的方案沒戲。

卓鶴講完之後，台下響起了一陣掌聲。她的老闆歐陽石龍帶頭為她鼓掌。

主席台上的七個人交頭接耳的商議了一會兒，各自抒發一下對剛才石龍地產帶來的方案的感想。胡國權雙臂抱在胸前，一直沒有開口。剩下的六人當中，有一半是不看好這套方案的。

「接下來請金氏地產公司的代表上台展示設計方案！」

聶文富的話音剛落，江小媚就站了起來。金河谷把這項任務交給了她，看重的是江小媚過人的能力。而金鼎建設那邊見到江小媚上台，與她熟悉的幾人都繃著臉，心裏皆是藏著怒氣。

江小媚有不輸給卓鶴的美貌，不過她並未如卓鶴那般以性感的衣著嘩眾取寵，而是選擇了保守路線，穿了一身黑色的西裝，顯得十分的端莊。她的氣質要比卓鶴高好幾個檔次，沒有那種豔俗的美，卻自有一種美麗由內而生，美的令人窒息。往那兒一站，不需要說什麼，就能把所有人的目光都吸引過去。

她把由溪州市最好的設計公司騰龍設計公司設計的方案拿了上來，分發給主席台上的七人，然後開啟朱唇，娓娓道來。

「很榮幸代表金氏地產向各位領導與同仁介紹我們公司帶來的設計方案，請大家觀看投影片……」

江小媚的解說很精彩，這次金氏地產設計方案的主題是人與房屋和諧相處，她的講解突出了重點，加上設計方案做得相當華美，主席台上不時有人點頭稱讚。

涉及到金河谷，聶文富一直沒有什麼表態，沒有參與到周圍的討論之中。

江小媚講完，朝台上台下各鞠了一躬。

會議廳內響起了經久不絕的掌聲。

她回到下面坐下，金氏地產的所有人都沸騰了。

「小媚，你剛才說得實在太好了！」金河谷由衷的讚歎道。

江小媚微笑道：「我講得再好也沒有用，關鍵要方案好才行。」

「咱們的設計方案是頂級設計公司設計的，不會有問題的。」金河谷自信滿滿的說道。

江小媚道：「金總，咱們還是靜心聽聽金鼎建設的方案吧。」

「下面請金鼎建設的代表上台展示設計方案！」聶文富話音剛落，林東不急不緩的站了起來，朝台上走去。

他和前面的兩個一樣，先把帶來的設計方案送給主席台上每人一份，而後才開始講解。

當投影布幕上展示出萌芽設計公司設計出來的方案之時，台下所有人都愣住了，繼而便響起了一陣冷笑聲。

這是什麼設計方案？怎麼能把公租房設計得那麼醜？難道不知道這是代表溪州市市政府的臉面嗎？

金河谷早從騰龍設計公司的口中得知了萌芽設計公司的理念，當時的第一反應就是林東瞎了眼了。公租房是市政府所建，是政績工程，如果造那麼醜的房子出來，讓市政府的臉面往哪兒擱？

在場最開心的應該屬於金氏地產方陣中的騰龍設計公司的幾個人，他們看到萌芽設計公司設計出來的方案召來一片噓聲，心裏十分的痛快，都有報了一箭之仇的快感。

小公司就是小公司，怎麼能與咱們溪州市排名第一的騰龍相比呢！姓林的，這就是你不採用我們公司設計方案的下場。

噓聲過後，林東緩緩開口，剛才場下的不屑絲毫沒有給他造成任何的負面影響。他當初決定採用萌芽的設計方案，其實也早就預料到會有這麼一天，不過他對這個方案有信心！

「外來務工人員為城市付出了太多，他們渴望獲得人們的尊重，渴望得到城市人的認可，渴望能在城市裏擁有一個安樂的居所，渴望在城市裏能有一個家。這個家不需要太大的面積，也不需要太漂亮，只要有一個獨立的空間讓他們感受家庭的溫暖就足夠了。我帶來的這套設計方案，旨在讓更多的外來務工人員住進公租房裏。為此，我們把每套房子的面積定為四十五平米……」

林東闡述了設計理念，以及他們所作的調查。方案中不僅有公租房整個社區的全貌，還有詳細的房間構造。鉅細結合，從大局入手，細化細節。隨著他的深入講解，下面的噓聲漸漸小了，到後來會議廳裏所有人只聽得到他一個人的聲音。

「外來務工人員需要的不是一個多麼舒適豪華的房子，他們需要的是一個可以遮風擋雨並與心愛之人雙宿雙棲的家。我們的設計方案，就是旨在讓盡可能多的人住進公租房，讓公租房成為名符其實的民心工程！」

林東說完了，朝台下一鞠躬，慢步走了下來。除了金鼎建設的方陣有人鼓掌，其他方陣之中全是靜悄悄的一片。雖然他的講解讓許多人瞭解並接受了他的設計方案，但畢竟是敵對關係，他越是做得好，越是令別人心裏不爽。

胡國權一直很認真的在看每一家送上來的設計方案。金氏地產設計的方案的確是不錯，但不符合公租房的建設宗旨，而林東從外來務工人員的角度出發，他的設計方案，是真正考慮到了外來務工人員需要的方案。

胡國權的心裏與林東產生了共鳴，而主席台上其他六人則對林東的方案看法不一，尤其是聶文富，他覺得金鼎建設的方案太過粗糙，按照那個方案造公租房，造出來的房子是要丟政府的臉面的。其他幾個不看好金鼎建設設計方案的人也都是這個觀點。

出了照片的事情，聶文富不好明裏對金氏地產發表什麼態度，但他畢竟收了金河谷的錢，能對金河谷產生威脅的對手，他都要進行打壓。從內心而言，聶文富是十分贊同林東的那套方案的，但處於私心，他必須要拉金河谷一把。

接下來誠安建設的代表上台介紹了他們公司的設計方案，這套方案平平無奇，沒有什麼出彩的地方，純粹是來打醬油的。

輪到萬和地產的代表上台了，石萬河派了他的得力助手于洪順上台做講解。外界都知道于洪順是石萬河的左膀右臂，于洪順的登台也讓下面許多人產生了期待，萬和地產這支老牌勁旅會帶來什麼樣的方案呢？會不會有什麼驚喜呢？

于洪順上台之後，把帶來的方案送給主席台上坐著的七人每人一份，繼而向眾人展示了萬和地產為公租房專案「精心準備」的設計方案。

當投影幕上顯示出第一張圖片的時候，台下一片譁然！

投影幕上「萬和豪庭」四個字非常顯眼！

「怎麼回事？于洪順怎麼會把萬和豪庭的設計方案拿了上去？」底下人紛紛覺得奇怪，而有些有心人已經開始覺得蹊蹺了。

萬和豪庭是萬和地產開發的一個高端樓盤，在溪州市的口碑十分不錯。但今天是來競標公租房專案的，不管萬和豪庭的方案曾經多麼完美，但也不能絲毫不改的搬到公租房的專案上去。

萬和地產這是要幹什麼？

于洪順的樣子似乎渾然不覺，他在台上滔滔不絕的講著，而台下的人已經議論紛紛起來。

主席台上的幾人翻看萬和地產送來的方案，也是個個皺起了眉頭。

「太不像話了！竟敢拿舊方案糊弄胡市長！」

聶文富氣得拍了桌子，他並不知道石萬河和金河谷已經談妥了條件，石萬河今天來根本就不是來競標的。聶文富原來心裏最擔心的就是金河谷會敗給萬和地產，畢竟萬和地產在溪州市那麼多年屹立不倒，靠的那絕對是實力。

聶文富抓住這個機會，狠狠的批評起萬和地產來。

于洪順還沒講完就被他打斷了。

「你下去吧，你們公司太讓我們失望了。」聶文富揮揮手。于洪順一臉尷尬的下了台。

石萬河是昨晚才跟于洪順說了事情，告訴于洪順他已經放棄了公租房這個專案。于洪順聽了他的話，也是贊同石萬河的做法的。公租房專案有強敵圍獵，鹿死誰手猶未可知，而如果答應金河谷的條件，無論公租房的專案落在了誰的手裏，他們萬和地產都有利可圖。

蘇城國際教育園那塊地就是個聚寶盆。附近有好幾萬學生，是可以持續盈利的專案。無論金河谷能否如願以償得到公租房專案，他們至少也可以拿到國際教育園專案百分之十五的股權。這絕對是天上掉下了個大餡餅。

「怎麼搞的？為什麼會拿錯了方案？你是豬腦袋嗎？丟了這麼大的專案，我要少賺多少錢你知道嗎！」

于洪順走到下面，石萬河繃著臉。怒罵道。

二人一唱一和，于洪順罵不還口，不停的解釋，「石總，是我疏忽……」

「你比豬還笨，要你有什麼用，滾！」石萬河的臉色非常難看，噴了于洪順一臉的吐沫。

公司裏其他不知情的員工都感到不對勁，于洪順平時做事非常細心，這麼重要的事情，沒理由拿錯了方案，犯這種低級錯誤。眾人雖覺得一頭霧水，但也絕對想不到這兩人是在演戲，而這齣戲的導演就是他們的老闆石萬河。

「于洪順，你壞了我的大事了！」

石萬河氣急敗壞。想要衝上去搧于洪順巴掌，員工們紛紛過來把他拉住了。

竟然有人在會議廳裏鬧了起來，聶文富在主席台上也坐不住了，派了個手下過去，乾脆把萬和地產這幫人給轟了出去。

離開了會議廳，石萬河臉上的表情立馬就變了，對眾人說道：「大家午飯都有著落了，我請大夥兒吃飯！」

眾人皆是一臉的不解，老闆的心思還真是莫測，這一會怒一會喜的，搞得所有人都摸不著頭腦了。

「大夥兒這陣子都辛苦了，雖然專案沒拿到，但請大家吃頓飯還是應該的，就當慰勞諸位了。」石萬河補充了一句。

第四章

見風轉舵

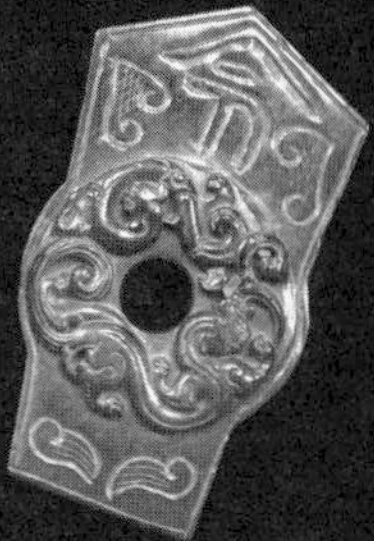

聶文富道：「胡市長，您還有一票沒投呢。」

胡國權擺擺手，「我不參與投票，但是我可以表達一下我的想法。公租房是民心工程，那咱們就當以民心為重，踏踏實實為老百姓辦件大事！我看就再表決一次吧，贊成採用金氏地產的設計方案的同志請舉手！」

聶文富從胡國權的話裏聽出了味道，寧可得罪金河谷也不能得罪了頂頭上司，立馬就見風使舵，這一次也沒有舉手，六個人當中只有兩個人舉了手。

五家地產公司全部展示了各自帶來的方案，競標會也就算結束了。接下來的環節就是主席台上的七個人要商量著到底該取哪一家的方案。七人心裏都有了各自的想法，除去萬和地產的方案，剩下的四家當中，金氏地產和金鼎建設所展示的方案是最受他們看好的，各自都有擁護者。

「胡市長，請您移步，我們到小會議室裏討論討論吧。」聶文富恭敬的說道。

胡國權一點頭，聶文富走在前頭，把眾人帶進了小會議室裏。

工作人員告訴會議廳裏的所有人，要他們到外面等候。四家地產公司到場的人員全部撤離了會議廳，到了建設局的大院裏，按所在公司不同，劃分為四個方陣。

到了最關鍵的時刻，就連一向熱鬧的金氏地產那邊此刻也都安靜了下來。其他三家公司也是這樣，沒什麼人說話，都在焦急等待結果。

這次競標是當場公佈結果，為的是防止競標之後有人找關係走後門。這規矩是聶文富定下來的，照片風波給他帶來了不好的影響，他急著做一些事情來證明自己有多清白清廉。

建設局的小會議室裏煙霧瀰漫，這裏往常是建設局的幾個頭頭開會做決斷的地方。

胡國權坐在首座，兩旁坐著其他六人。

「大家別光抽煙了，各自說說想法吧。」

聶文富笑著說道，「要不這樣，咱們大夥兒舉手表決。胡市長，您看行嗎？」

胡國權目光一掃，笑道：「投票表決是民主的體現嘛，我沒意見。不過在投票之前，我有一個問題想問大家，諸位認為公租房是建來幹什麼的呢？」

在場六人都摸不清楚這個新任副市長的脾氣，誰也不敢貿然開口，免得得罪了胡國權。

胡國權的問題說出去好一會兒了，也沒一個人開口。

「這是怎麼回事，難道要我點名回答嗎？」胡國權冷冷道。

聶文富一咬牙，他是局長。是建設局的一把手，這個時候理當帶頭，於是就第一個說道：「胡市長，那我來說說看法吧。公租房，首先當然是建來讓外來打工者那些低收入的人群住的。但是我認為，這公租房也是咱們市政府的臉面，如果太寒酸，我覺得可能說不過去啊。」

聶文富委婉的表達了他的意思，他是希望金河谷能夠拿到這個專案的。

「老聶，你的意思是比較傾向於採用金氏地產的方案嘍？」胡國權很直白的問道。

聶文富一咬牙，說道：「胡市長，雖然前段時間有些人造謠說我和金氏地產的總經理一起去海城賭博，但不做虧心事，我心裏坦蕩蕩。我覺得金氏地產的設計方案美觀大方，建造出來後，能給咱們市政府長臉。」

「我有不同的想法！」

聶文富一開口，其他五人也都紛紛不甘落後，紛紛開口表達各自的意見。

「公租房是民心工程，咱們首先應該考慮的是實用！金氏地產的設計方案雖然美觀，但把公租房設計成花園洋房似的，這不符合公租房該有的面貌啊。而且每套面積太大，正如金鼎建設的總經理說的那樣。在外務工的人大多數都是夫妻二人，住九十平米的房子太大，而公租房的面積有限，那麼大的單位面積不利於讓更多的人住進去。我的意見更傾向於採用金鼎建設的設計方案。政府的面子固然重要，難道老百姓的口碑不重要嗎？」

兩方人馬各持己見。各自都有自己的理由，為此爭執不下，都朝胡國權看去。

「自古以來，得民心者得天下。我就說那麼多，下面大家舉手表決吧，贊成採用金氏地產方案的舉手。」胡國權說完，以聶文富為首的三人就舉起了手。

「好，三票，那麼贊成採用金鼎建設的設計方案的請舉手！」他話音未落，就有三人舉起了手。

「三對三，戰平了。」胡國權呵呵笑道。

聶文富道：「胡市長，您還有一票沒投呢。」

胡國權擺擺手，「我不參與投票，但是我可以表達一下我的想法。公租房是民心工程，那咱們就當以民心為重，踏踏實實為老百姓辦件大事，辦件好事！我看就再表決一次吧，贊成採用金氏地產的設計方案的同志請舉手！」

聶文富從胡國權的話裏聽出了味道，寧可得罪金河谷也不能得罪了頂頭上司，立馬就見風使舵，這一次他沒有舉手，六個人當中只有兩個人舉了手。

胡國權微微一笑，說道：「那麼贊成採用金鼎建設設計方案的請舉起手。」

聶文富反應最快，第一個舉了手，加上原來的三人，一共是四人舉起了手。

「二比四，有結果了。老聶，你可以去公佈競標結果了。」胡國權站了起來，笑道：「諸位，我還有一堆事情要做，先行一步。」

「胡市長慢走……」

眾人紛紛起身，送胡國權到門外。

聶文富收了金河谷的錢，今天如果不是有胡國權在場，他絕對可以通過自己的影響力讓金河谷拿到專案。而事與願違，胡國權很明顯的表現出了對金鼎建設的設計方案的青睞，他是建設局的一把手，如果這次的表決結果讓胡國權不滿意，那麼首先怪罪的肯定是他。聶文富只能臨陣倒戈，投了金鼎建設一票。不過公佈競標結果這事他是不會親自去做的，他怕金河谷找他麻煩。

「老范，競標結果就由你去公佈吧。」聶文富對一個姓范的副手說道。

「好，那我去了。」

老范剛才投了金鼎建設的票，所以也樂意去公佈這結果。

等到投了金鼎建設的三人走了，剛才投了金氏地產的兩人低聲對聶文富道：「聶局，你變了主意也不告訴咱們一聲，害得咱倆舉了手。」

聶文富收起臉上的笑容，對手下的兩名處長說道：「你倆沒長耳朵嗎？難道聽不出胡國權的意思？他想讓金鼎建設奪標，我能有什麼辦法！」

「哎呀，完了，這回胡國權是把咱倆給惦記上了。」二人哀聲歎氣，他們都收了金河谷的好處，所以才硬著頭皮舉手的，本希望聶文富能通過自己的影響力幫助金河谷拿到專案，卻沒想到聶文富這隻老狐狸臨時變卦，轉投別的陣營去了。

「為官者最重要的是學會揣測上頭的意思，你們不長心眼，可別怪我不義。」

聶文富冷冷說完，離開了會議室，丟下兩個惆悵不已的下屬。

副局長范文海走到建設局辦公大樓的外面，大院裏眾人瞧見他走來，知道是有了結果，一個個都緊張了起來。而在場最緊張的莫過於金河谷和林東，這兩人都是面無表情的樣子，眼睛緊緊的盯著范文海。

范文海招招手，大聲道：「大家都往一塊兒站站，否則我說話太費力了。」

林東這心裏是七上八下的，剛才看到胡國權與秘書出來，胡國權連看都沒看他一眼，這讓他心裏多少有點擔憂。金河谷為了拿到這個專案花了不少錢，上下打點關係，做好了一切準備，自認為勝券在握，但結果沒有公佈之前，一切都存在著變數，這就是他緊張的原因。

四家公司加起來幾十人，人擠人，林東和金河谷在不知不覺中被擠到了一塊。

「緊張了？」林東朝金河谷低聲笑道。

金河谷看了他一眼，「彼此彼此。」

眾人紛紛往范文海的身前挪動，等到四家公司的人員都擠在了一塊兒，范文海才開了口。

「經建設局領導班子研究決定，決定採取金鼎建設公司的設計方案，我宣佈，這次中標者是金鼎建設公司，恭喜金鼎建設！」

范文海說完，金鼎建設的九人團隊爆發出了海浪般的歡呼聲，而在這歡呼聲之中，金河谷卻呆如木雞，至今仍不敢相信他聽到的。

「這……怎麼可能？」

他做好了一切準備，打通了上下關係，請來了頂級的設計公司，為什麼結果會這樣？

金河谷不能接受！

金氏地產的三十來人個個都很沮喪，當然有的人是裝出來的，比如說江小媚和胡大成。江小媚的內心實則是替林東而高興的，她很想和金鼎的員工們一起歡呼。而胡大成高興則是因為金河谷沒用他的團隊而招致競標失敗，這多少讓他出了一口怨氣。

林東把周雲平叫到一旁，低聲對他耳語了幾句，周雲平點了點頭，笑著朝金河谷走去。

周雲平走到金河谷面前，含笑說道：「金總，林總要給大夥兒慶功，問您是否得空去喝一杯喜酒？」他隨即大聲對金河谷身後金氏地產的員工們說道：「各位如果不嫌棄，歡迎各位也到場。」

周雲平的目光停留在江小媚的臉上，帶著勝利者的驕傲與對她的嘲諷。

江小媚渾不在意，當她答應林東做臥底的那天起，她就知道這條路上充滿著艱辛，最難過的就是她將會失去很多朋友。

金河谷抿緊嘴唇，脖子上的青筋都暴了起來，他敗了，這結果真令他難以相信，難以接受！此刻，他心裏只有對林東的仇恨，恨不得立馬就撲上去朝他拳腳相向。而作為一個失敗者，如果他真的那麼做了，只會給人留下笑柄。

金河谷忍住了，他臉上的神情變了又變，握緊的拳頭終於放開了。在這一刻，他成長了起來！

金河谷撥開人群，走到林東面前，伸出手，臉上帶著淡淡的笑容：「林總，恭喜你。喜酒我就不去喝了，我還有事，先走了。」

林東微微驚詫，金河谷的大度令他咋舌，心裏不禁敬佩起金河谷來，心想如果今天失敗的是他，他自問不一定能做到這般大度。而金河谷的恭喜真的會是真誠的嗎？林東不會相信，反而心裏暗暗提高了警惕，這樣的金河谷才是可怕的。

其他三家地產公司的所有人都走光了，建設局的大院裏只剩下金鼎建設和萌芽設計公司這一夥人。眾人還未從競標勝利的喜悅中走出來，緊密團結在一起，想起今天的結果，這段日子無論有多辛苦都值了。

「走吧，我請大夥兒慶祝去，今天各位想吃什麼、想玩什麼儘管開口，我一定滿足各位的要求。」

不管金河谷的表現有多出乎他的意料，林東心想畢竟現在他們贏了競爭，所有的事情就等明天再去考慮吧，而今天就讓他們狂歡吧。

人群裏最激動的當屬萌芽設計公司的四個人，金鼎建設成功拿到了公租房專案，他們將會得到三十萬的獎金，而且這次設計方案的成功也將會給他們這間小小的設計公司帶來源源不斷的生意。從今天起，他們不再是默默無聞的小工作室了！

眾人七嘴八舌的商量好了地方，沒有一個想到要為林東省錢的，挑的都是最貴的地方。林東也不會在乎這點錢，周雲平打電話訂了位置，兩輛商務車就把他們帶了過去。

隨著金鼎建設成功拿下公租房專案的消息在股吧流傳開來，金鼎建設的股價在盤中忽然拉升，很快就被封死在了漲停板上。董事會的大股東們紛紛向林東致來賀電，宗澤厚和畢子凱更是邀請林東共進晚餐。

現在，整個公司上下都沉浸在一片喜悅之中，所有的員工都是持有公司配給的原始股的，現在看到股價大漲。當然開心得不得了。金鼎大廈在這一天到處瀰漫著歡樂祥和的氣氛。自打公司更名之後，金鼎建設的股價一直呈現出在盤整中上升的趨勢，如今出了個大大的利好消息，更是刺激了股價一路狂飆，這是屬於全公司的福利，是能給員工帶來實實在在好處的。

不需要官方組織，公司的積極分子已經在商討下班後去哪裏狂歡慶祝了。

林東和競標團隊的成員狂歡了一個下午，喝了不少的酒，回到家裏的時候已經是晚上九點多鐘了。他是提前回來的。周雲平和那夥人仍在狂歡，頗有玩通宵的趨勢。林東見形勢不妙，趕緊把卡塞給了周雲平，告訴他愛怎麼花就怎麼花，然後找了個藉口溜走了。

回到家裏，林東把這個好消息告訴了高倩。高倩聽後自然非常的歡喜，只是因為心裏有事，所以沒有表現出來太開心。她告訴林東，她的感冒已經好了，打算在明天回溪州市主持公司的事務。

二人在電話裏聊了一會兒，林東感覺到高倩的情緒不高，這段時間她一直都是這樣，問她又不肯說，這令林東頗為頭疼。林東決定找個時間和高倩好好聊聊，他想不管發生什麼事情，只要是他可以為高倩分擔的，他都會願意去做。

林東正坐在客廳裏，聽到門鈴響了，這麼晚了，卻不知誰會來找他，而且知道他住這裏的人並不多。

打開門一看，竟然是胡國權！

「胡市長，你怎麼來了？」林東顯然沒想到胡國權這個時候會主動上門，略感驚訝。

胡國權笑道：「小林，難道是不歡迎我？」

林東側身讓開了通道：「哪裏的話，胡市長，請進吧。」

胡國權笑著走進了林東的屋裏，邊走邊說道：「以後私下裏就不要叫我『胡市長』了，叫我『老胡』或者是『胡大哥』都可以！」

林東笑道：「胡大哥，請坐吧，喝點什麼？」

胡國權道：「晚上喝了點酒，嘴裏有點乾，就給我點白開水吧。」

林東給他倒了一杯水，二人面對面坐下。

「怎麼那麼早就回來了，沒和你的員工去慶祝？」胡國權笑問道。

林東答道：「去了，不過我提早回來了。胡大哥，今天你從建設局的辦公大樓裏出來，看都沒看我一眼，這著實讓我心驚肉跳了好一會兒啊！」

胡國權哈哈笑道：「我就是這麼個人，你該對自己有信心才是！」

林東對胡國權袒露了心跡，說道：「說實話，我真的心裏沒底。採用那份設計方案，真的是需要很大的勇氣。雖然明知那份方案可能無法進得了政府官員的法眼，但的確是我理想中的公租房的模樣。我請來的設計團隊是一群在溪州市打拚的年輕人，他們就是外來務工人員，瞭解打工者的需要。我和他們一樣，一心想為這座城市的打工者建造一座屬於他們的溫馨家園！」

胡國權擊掌笑道：「說得好啊！決定採用哪套設計方案的時候，決策層內部出現了很大的分歧。你的公司和金氏地產各有支持者，人數剛好一半一半。可能你想不到的是，居然是聶文富幫了你。」

「什麼意思？」林東很不明白，聶文富與金河谷是一夥的，怎麼可能幫他？

胡國權歎道：「聶文富絕對是隻老狐狸，他懂得見風使舵。我不過是說了幾句話，他就轉投陣營，投給你一票，幫助你拿到了這個專案。」

林東明白了過來，笑道：「胡大哥，我真的得感謝你，如果不是你，我想聶文富是絕對不會把他的那一票投給我的。」

胡國權道：「我不是幫你，我和你一樣，只是想實實在在的為老百姓辦一件好事。」

「胡大哥，溪州市能有你這樣的好市長，那是百姓之福啊！」

林東歎道，如果多一些像胡國權這樣以一己之力為百姓謀福祉的好官，那應該也就不會有現在這樣各種各樣的社會矛盾了。

二人雖然年紀差了不少，但話題投機，不知不覺中，胡國權在林東家裏聊了兩個多小時。當屋裏十二點的鐘聲響起之時，胡國權才意識到已經很晚了。

「小林，我走了。」

林東起身送胡國權到門外。

有人歡喜有人愁，在另一邊，聶文富坐在金河谷的郊外別墅裏，兩個人面前放著洋酒，金河谷一杯接著一杯往肚子裏灌。

「聶局，姓胡的為什麼那麼幫林東？」金河谷眼睛都喝紅了，當他知道這次林東之所以能夠成功，是因為胡國權的原因的時候，簡直憤怒了。他自認為打點好了一切關係，卻沒想到半路殺出來個胡國權，讓他所有的苦心經營全部付之東流。

聶文富從懷裏掏出了那張卡：「金總，我小舅子把卡給我了，我覺得還是應該還給你，感謝你的好意，事情沒辦成，錢我不能收。胡國權是剛剛到任的副市長，本來我也沒把他放在心上，但自他上任之後，對公租房的專案表現出很大的關心，這次更在舉手表決的時候明確表示出偏袒金鼎建設的意思。他是副市長，官位比我大，我也沒辦法。」

「聶局，你盡力了，卡你還是收起來吧，買賣不成仁義在，我金河谷交定了你這個朋友。如果你看得起我，從此以後就別再提還卡的事了。」

聶文富畢竟是建設局的一把手，金河谷知道他的重要性，自然不願意因為三百萬失去這條重要的人脈。

聶文富表現出很為難的樣子：「這個……金總，你太讓我為難了……」

金河谷笑道：「聶局，看來你還是瞧不起我金河谷啊。」

聶文富搖了搖頭：「不是這個意思，上次在海城玩，你替我付了不少賭賬，實在不該再拿你的錢了。」

「海城的事情我已經不記得了，我只問你當不當我是朋友？」金河谷再次問道。

聶文富見客氣的已經到位了，沒必要再繼續裝下去了，一臉無可奈何的模樣，點了點頭。

「那就把卡收起來。」金河谷哈哈笑道：「來，咱們繼續喝。」

第五章

從母姓的孩子

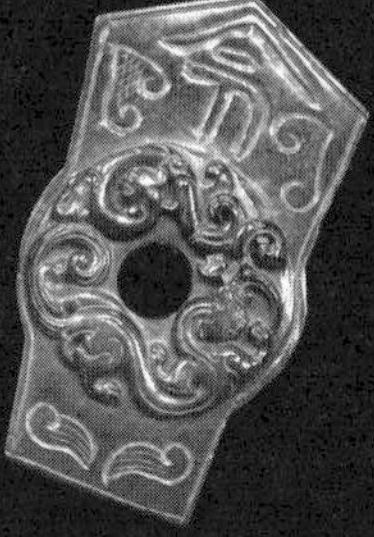

高倩道：「林東，我爸爸跟我說了，
他希望我們結婚後生的第一個孩子跟我姓。」
「啊？」林東一下子懵了，高五爺怎麼會有這種想法？
他出生於農村，雖然接受過高等教育，但一些思想仍是比較封建，
在他看來，孩子跟父親姓是天經地義的事情，跟母親姓算哪門子事情？

春天的的確確來了！

恍如一夜之間，溪州市城區裏便冒出了一片片盎然的綠色生機。路兩旁的綠化樹抽出了嫩黃色的嫩芽，路中間花壇裏的月季也露出了花蕾。在這樣一個充滿生機的季節了，金鼎建設也迎來了屬於它的春季。

北郊的樓盤正如火如荼的進行著，公租房的專案也和市政府正式簽訂了合同，一切都朝著好的方向發展。

事情多了起來，金鼎建設公司的員工就不那麼清閒了，公司所有人開始忙碌了起來。

公租房專案是幾十億的大工程，林東也有心要把這項工程做成金鼎建設的口碑專案，所以在各方面都不含糊。工程開始之後，更是把工地當成了辦公室，親自監工，在工地的時間要多過在辦公室的時間。

高倩那邊，也是忙得不可開交。

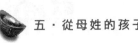

她生病好了之後就回到公司，開啟了劉根雲小說新劇女主角的海選活動。這些天她白天基本上都在忙著公司的事情，連星期天都沒有，與林東只有在晚上的時候才會見面。

林東接到了柳大海的電話，柳大海告訴了他雙妖河造橋工程奠基典禮的日子，就在兩天之後，要他火速回家。

高倩知道之後，百忙之中抽出了半天時間，給林家二老買了好些衣物與高檔營養品，要林東捎回去孝敬二老。

在回老家的前一天晚上，高倩早早的回了家，做了幾個菜。經過大半年的練習，她現在的廚藝也算是大有長進。

林東回到家裏，見到高倩比他先回來，有些驚訝。

「倩，今天怎麼這麼早回來了？」林東笑問道。

高倩知道林東這次回老家之後，就會把林家二老接到這邊跟高五爺商量兩個人結婚的事情，所以打算在林東回家之前把藏在心裏的那件事說出來。她知道如果她不說。她父親肯定會說，到時候如果當著林家二老的面提出來，事情就沒有緩衝的餘地了。

「飯菜差不多做好了，你快去洗手準備吃飯吧。」高倩在廚房裏說道。

林東洗了手，高倩已將飯菜準備好了。

吃了一會兒，林東不住的誇讚高倩的廚藝。從一個從來不下廚的千金大小姐到現在廚藝精湛的煮婦，高倩為他做出的改變，林東悉數看在眼裏。想當初他落魄到吃不飽飯的地步，沒地位沒金錢，高倩也未曾嫌棄過他，反而在那時候對他產生了感情，並極力的幫助他。這份感情不僅有男女之間的愛情，還有難以還清的恩情。

這一切林東都記在心裏，所以他也覺得最愧對的女人就是高倩。

「倩，你也忙了好一陣子了，要不你抽幾天時間，等我從老家回來，我陪你出去玩一趟，國內國外都可以。」

他和高倩都是忙人，兩個人坐下來一起吃飯一個月也難得有兩三次，借此機會，林東很想補償一下高倩。

高倩一直看著林東吃，自己則很少動筷子，她幾次話到嘴邊都又咽了回去。到底該不該說出來？她的心裏實在是糾結得很。

「你怎麼不吃啊？看著我又不能填飽肚子。」林東抬頭朝她看了一眼，說道。

高倩下定了決心，由她說出來總比由她父親說出來的好，放下筷子說道：「東，有個事情我想與你商量一下。」

林東瞧她神情嚴肅，也放下了筷子，問道：「倩，這到底是怎麼了？」

高倩眼圈忽地紅了，話還沒開口眼淚就先流了下來。

林東最受不了女人流眼淚了，一時間亂了方寸，「倩！你有事就說啊，幹嗎流眼淚呢？」

高倩擦了擦眼淚，終於開了口，「還記得下雪那天，你在我家沒走的那個晚上嗎？」

林東點點頭，「記得，當時你說過一會兒會偷偷跑進我房裏，可一直讓我等到凌晨一點你才來。」

高倩道：「我將要說的事情跟我那天晚上為什麼那麼晚去找你是有很大關係的。林東，我爸爸跟我說了，他希望我們結婚後生的第一個孩子跟我姓。」

「啊？」

林東一下子懵了，高五爺怎麼會有這種想法？他出生於農村，雖然接受過高等教育，但一些思想仍是比較傳統，在他看來，孩子跟父親姓是天經地義的事情，跟母親姓算哪門子事情？

林東的第一反應就是不行！

他越想越生氣，高紅軍這擺明著是仗勢欺人。

「林東，你先別生氣，請聽我把話說完。」高倩瞧見他臉色突變，與預料中的一樣，心已經往下一沉，全身冰涼，彷彿是臘月天掉進了冰窟窿裏似的。

高倩把父親為死去的母親守情終身不娶的事情告訴了林東，令林東詫異的是，高五爺居然那麼癡心。

「我媽媽是替我爸爸死的，所以他發誓不會再找別的女人。我爸說他一輩子只欠過兩個女人，一個是我媽媽，另一個是我奶奶。爺爺死得早，我爸是我奶奶一手拉扯大的。他年輕的時候混黑社會，奶奶為他操了不少心，沒享一天福就過世了。我奶奶對他唯一的要求就是要他把高家的香火延續下去，而他卻膝下無子，所以只能把希望寄託在我身上。林東，你知道嗎？我爸爸這輩子從來沒要求過我什麼，他只對我有這麼一個要求，我不忍心讓他辜負了對奶奶的承諾。林東，希望你能諒解。」

說到後面，高倩反而變得很平靜。再多的擔心也是多餘的，這件事現在只在乎林東的態度。

林東現在的腦子有點亂，這件事來得太突然，對此他一點心理準備都沒有。看著一桌子菜，他再也吃不下一口。

「倩，我心裏有點亂，你別管我了，我出去透透氣。」說完，逃也似的離開了家門。

高倩在屋裏眼淚汪汪，她是瞭解林東的，要他那麼一個大男人主義的人接受這個要求，實在是有些強人所難了。他這一跑出去，不知道何時才能回來。

林東一個人開車在街道上晃悠，心煩意亂，一方面想到高倩對他種種的好，一

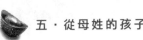

方面大男人主義的心理又在作祟。漫無目的的開著車，不知不覺中，竟然來到了楊玲家的樓下。

當他意識到的時候，心想不能讓不好的情緒影響到楊玲，本想馬上開車離開這裏，卻被正好從外面開車回來的楊玲撞見了。

楊玲停好了車，跑了過來，敲了敲林東的車窗。

「林東，你怎麼來了？」

見到了楊玲，林東發現他現在的確是有一肚子的話想要對楊玲說，他沒有說話，推開了車門，下了車，就這樣看著楊玲。

「走，到屋裏坐坐吧。」

楊玲瞧出林東有心事，也沒多問，他來這裏，顯然就是為了向她尋求安慰的，過一會兒自然就會開口了。

到了楊玲家裏，林東猛然發現已有好久沒來這裏，以至於楊玲家裏發生了一些變化，他都不知道。

原本楊玲家裏傢俱的色調以暖色為主，但因為林東無意中說起他喜歡暗色，楊玲就把家裏的色調改為了暗色，各種傢俱全部都換成了暗色的。

「喜歡嗎？」楊玲問道。

林東心中大為感動，知道楊玲是為了他才作此改動的，「玲姐，其實你沒必要這麼做的。」

楊玲笑道：「有沒有必要不在於你認為，而在於我。喜歡一個人也正是如此，對一個人付出多少的愛，不在於那個人有多好，而在於你對那個人的感情。這也就不奇怪為什麼有些千金大小姐會愛上窮小子，也就不奇怪為什麼王子會愛上灰姑娘。感情這東西，很多時候不是雙方的，而是一個人的，屬於自己的！」

林東愣了一會兒，細細品味楊玲話裏的意思，方覺得她的話很有道理。

當初高倩喜歡上他的時候，他要什麼沒什麼，在旁人眼裏根本就是不可能的。他還記得當初徐立仁還為此嘲笑他癩蛤蟆妄想吃天鵝肉，而事情卻的的確確發生了，這份感情是屬於高倩對他的付出。

而反觀他自己，事業有成，身家越來越多之後，不僅沒能做到對高倩鍾情，反而處處留情，欠下了還不清的感情債。高倩為他付出了太多，林東捫心自問，他為高倩做過什麼？

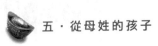

實在是想不出來！

「林東，你每次來找我，多半是有心事的，說說吧，今天又遇到了什麼不順心的事情。」楊玲端了一杯熱茶放到他面前。

「玲姐，如果你是我，這樣的事情發生在你的身上，你會怎麼做？」林東把高家的要求跟楊玲說了一遍。

楊玲聽了之後，反而笑了起來。

「你就為這事情煩惱嗎？真是太可笑了。林東，說實話我現在還真有點看不起你。」楊玲繼續說道：「你和高倩的事情我聽你說過，且不說這女孩為你付出了多少，我至少可以告訴你，這女孩是真心愛你的！以你們現在的條件，生多少個孩子都養得起，如果我是你，大可以大度一些，主動提出讓一個孩子跟母親姓，這樣多好。」

楊玲輕描淡寫，林東才發現是他的思維鑽進了死胡同裏。

林東臉上表情的變化，楊玲盡收眼底。

「你該回去了，就這樣跑出來，高倩的心裏會有多麼難過？她畢竟是個女人，這個時候正是最需要你的時候。」

林東抬頭朝楊玲笑道：「玲姐，不知為什麼，每當我心裏有難過的事情的時候，第一個總會想到和你訴說，而你每次也都能為我化解心中的鬱結。」

楊玲笑道：「這至少說明我對你還有點用，否則你半年也不會來我這裏一回。」

「玲姐，你知道我不是那個意思。在我心裏，你就如一個知心的姐姐一般，在你面前，我可以坦誠的說出心裏話，那種感覺會讓我感到很輕鬆很舒服。」林東眼睛裏放著光芒，臉上帶著純真的笑容。

楊玲比林東要大十幾歲，對於事情的理解也要比林東深刻，所以很多時候能給他一些幫助，這也是林東喜歡在有事情時到她這裏來的原因。

林東沒有留在楊玲家裏過夜，也沒有和楊玲親熱，他們現在的感情，心靈的交往要多過欲望。

從楊玲家裏出來之後，林東驅車直接回了家。

他靜悄悄的進了門，走到房門門口，瞧見高倩正在房間裏為他打點明天回老家要帶的衣物。行李箱放在衣櫥的上面，衣櫥很高，她要站在椅子上才可以夠得著。

林東站在門口沒進去，靜靜的看著眼前的這一幕。

高倩站在椅子上，費力的把沉重的行李箱從衣櫥上面拿了下來，然後小心翼翼的把他的衣服一件一件的放進去。

這一刻，林東的喉頭忽然哽住了，有一股暖流自心底升起，再也抑制不住情緒

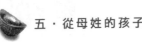

的奔湧，眼前迷濛了。

「倩……」

他快步跨入了房裏，抱住了高倩。高倩一直在心裏告誡自己不要哭，而在這一刻卻怎麼也忍不住，眼淚嘩嘩的流了下來。

二人相擁而泣，好一會兒才安靜下來。

林東主動開口說道：「倩，我想過了，你爸的要求並不過分，不管孩子跟你姓還是跟我姓，都是我們的孩子，我一樣會疼愛他。」

「東，你同意了？」

高倩簡直難以置信，驚訝的問道，她不知道林東心裏經過了怎樣的掙扎與糾纏。

林東鄭重的點了點頭，「嗯，我同意了。我們會生好多個孩子，就讓老大跟著你姓吧。」

「如果我第一胎懷了龍鳳胎怎麼辦？」

高倩欣喜萬分，破涕為笑，竟然開起了玩笑。

「那我們還不趕緊造人！」

林東把高倩拋到床上，壓了下去。二人在床單上來回的翻滾，一時間，滿室皆春。

這一次，高倩沒讓林東戴套。

第二天一早，林東還未睡醒之時，高倩已經起來準備好了早飯。

「東，起來吃飯了。」

林東立馬睜開了眼睛，穿衣洗漱，吃了兩碗高倩親手熬煮的瘦肉粥。

「倩，你就別送我了。知道你公司事情忙，你趕緊上班去吧。」

高倩問道：「那你什麼時候回來？」

林東道：「這邊的事情也離不開人，我應該會很快回來的。」

「那這次你爸媽跟著過來嗎？」高倩作為林家未來的兒媳，很注重林家二老對她的第一印象，如果他們要過來，必須得好好準備準備。

林東笑道：「他們早就想看看你了，這次我就順便把他們帶過來。」

「那我可得好好準備準備。」高倩說完就出了門。

林東吃完了飯，拿著行李箱到了車庫，剛開車出了車庫，接到了柳枝兒打來的電話。

柳枝兒本以為林東昨晚會到她那裏去，可一直等到半夜林東都沒過來，所以想著一早打電話過來，讓林東到她那邊把她買給家裏的東西捎回去。

林東開車到了柳枝兒住的春江花園社區，柳枝兒拎著東西就站在社區的門口，她急著去片場開工，所以就拎著東西在那裏等候了。

林東看到柳枝兒站在社區門口，在那兒停下了車。柳枝兒拎著東西走了過來，把東西塞進了林東的車裏。

「東子哥，這些東西是我買給我爸我媽還有根子的，給你爸媽的東西是藍色的那個袋子裏裝的。」柳枝兒語速很快。

林東看出來柳枝兒好像很著急，問道：「枝兒，你這是要去三國城嗎？」

柳枝兒搖搖頭，「不是，今天拍外景，要到柳園去。」

「柳園？」

林東知道那個地方，推開車門，說道：「上車吧，正好我回家也要路過那個地方，順帶把你送到那裏。」

柳枝兒上了車，林東開車駛離了社區。

路上，柳枝兒興奮的說道：「東子哥，你知道嗎？我最近拍了不少戲，還參加了一個海選呢。」

林東笑道：「又是那些跑龍套的角色吧，瞧你高興的，哪天要是真做了主演了，那還不樂得飛上天去。」

柳枝兒道：「如果真有那麼一天，我想我一定會很淡定，因為我做了主演了嘛，總不能像現在這樣。對了，我報名參加的那個海選就是選主角的，好像是一部講述一個山村裏的女性的電視劇。」

林東心裏咯噔一跳，心道這不正是高倩的東華娛樂公司辦的海選嗎！

「聽說那部戲是根據一部小說改編的，正好明天我休息，我就去書店把那本小說買了，好好揣摩一下角色。」柳枝兒並沒有留意到林東臉上表情的變化，繼續說著她的主演夢。

到了柳園，林東停下車讓柳枝兒下車，柳枝兒朝他揮揮手就跑進了園子裏。

林東繼續往前開，路上一直在想柳枝兒參加海選的事情。他想了好一會兒，覺得柳枝兒入選的可能性並不大，很可能在第一輪的時候就被刷了。第一，柳枝兒沒學過一天表演，毫無經驗；第二，柳枝兒只有一腔熱情，沒背景沒實力，相貌也無法在美女如雲的演藝圈裏算得上出眾。

這樣想了想，林東就放心下來了。

這次回家的路上要比上次春節回家順暢多了，一路暢通無阻，沒有堵車。林東中午十二點多就進了山陰市的地界，到了大廟子鎮的時候，還不到兩點鐘。

他沒有急著回家，而是開車到了超市那裏。

短短兩個月的工夫，邱維佳已經把超市弄得有模有樣了，照這樣的進度下去，上半年應該就可以營業了。

邱維佳正在超市裏監工，瞧見了林東的車，以為是看花眼了，出來一看，果然是林東的車牌號，趕忙跑了過來。

「你小子什麼時候回來的？」邱維佳此刻見到林東，又驚又喜。

林東下了車，遞給他一支煙，「我剛到鎮上。」

邱維佳笑道：「你不會是來監督我的吧？」

林東笑道：「我就是過來看看進度怎麼樣了，維佳，你小子行啊，照這樣的速度看，上半年就能營業了。」

邱維佳哈哈笑道：「那是，上半年一定能營業。對了，你是為啥回來的呢？」

「我和你說過的，不記得了嗎？」

林東這樣說了一句，邱維佳馬上就想起來了。

「你是說你們村前面那條河造橋的事情啊，我想起來了。這事現在在咱們鎮可是大事啊，老百姓都在誇你呢。我聽說鎮上劉書記到時候也會去出席典禮呢。這老傢伙，一分錢不出，出風頭的時候倒是脖子伸得挺長。」

「他去不去我不知道，維佳，問你個事，霍丹君他們現在在哪兒？」林東問道，他這次回來，主要的目的不是參加奠基典禮，心思都在度假村的專案上。

邱維佳看了一下日頭，說道：「他們現在在哪兒我也不清楚，反正在咱們大廟子鎮的範圍之內。這夥人可真是不簡單，每天都忙到天黑了才回來，有時候就直接在野地裏過夜不回來了。」

林東倒是不覺得奇怪，特別行動小組這七人都是幕天席地慣了的人，「那好吧，維佳，晚上他們回來的時候你跟他們說一聲，明晚我請他們吃飯。」

邱維佳點點頭，「你剛回來，趕緊回家一趟吧。」

「那我走了。」

林東上了車，開車到鎮子東頭，路過羅恒良家的時候，看到羅恒良家的門上了鎖，就放棄了去看看他的想法，心想羅恒良這會兒應該還在學校上課。

出了鎮子，就上了一條土路。路兩旁是綿延遼闊的麥田，此刻已是綠油油的一片。林東打開車窗，任春風吹進車內。老家的風，是一種久違的味道，熟悉而又陌生。那泥土的芬芳與麥子的清香，都是他所熟悉的，而這些卻是在城市裏難看到、

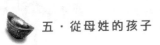

感受得到的。

想起小的時候，每到春天，田野的上空就會飛起許多風箏。

村子裏有個老爺爺是糊風箏的好手，每到那時候，村裏的孩子們總會聚集在他家門口，央求他為自己糊一個紙風箏。老爺爺手巧，會做各種各樣的風箏，有常見的燕子形狀的風箏，也有工藝複雜的龍形風箏。

老爺爺曾為林東做過一個龍形風箏，現在還藏在家裏。那是林東最喜歡的風箏。可惜老爺爺去年去世了，從此村子裏再也沒有那麼一個熱心為孩子們糊風箏的人。

當車開到柳林莊村旁麥田邊上的那條土路上的時候，林東離著老遠就聽到了孩童的追逐嬉鬧聲。循聲望去，只見麥田的上空飛著五顏六色的風箏，十來個孩子正拉著風箏的線在麥田裏狂奔。

林東停下了車，坐在車裏朝麥田的上空望去。

這些孩子的放風箏技術顯然沒有他們這一輩當年的技術好，那一隻一旦飛高了就往下栽跟頭的金魚風箏顯然是因為平衡性的原因，只需在風箏的尾巴上再加上一條布帶，當可解決這個問題。

天空上飛翔的風箏都是布做的，每一個製作的都很精美，一看就是花錢買來的，而不是自己動手做的。

「這得少了多少樂趣啊！」林東歎道。

很快，放風箏的孩子們就發現了停在路邊的轎車，他們這裏一年到頭除了有結婚的喜事，否則基本上是看不到轎車的。有幾個孩子認得這是林東的車子，收了風箏就跑了過來。他們都知道林東的車子裏有好吃的，就算沒有，也可以坐進去過把癮。

那些孩子跑到林東車旁，七嘴八舌的叫了起來。有些人叫林東「哥」，有些人則叫他「叔」。

林東下了車，從後車廂裏拿了些糖果出來，分給他們每人一些。

這些小傢伙們拿了糖果，連謝謝都不說一聲，馬上就一哄而散，繼續跑去放風箏去了。

林東開車進了村子，下午的小村裏非常寧靜。出去幹活的鄉親們還沒有回家，上學去的孩子也都還沒放學。

到了村中間柳大海家的門前，林東停下車，拿著柳枝兒要他捎來的東西，瞧了瞧柳大海家的大鐵門。

給他開門的是孫桂芳，孫桂芳見是林東，趕緊把林東叫進了屋裏。

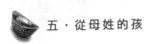

「嬸子，這是枝兒在城裏給你們買的東西，她要我帶回來給你們。」林東把東西交到了孫桂芳的手裏。

孫桂芳淚眼婆娑，看著女兒捎回家的東西，心裏很感傷，「東子，枝兒在那邊怎麼樣？受苦沒有？」柳枝兒從小到大從來沒離家那麼遠，俗話說兒行千里母擔憂，孫桂芳的心裏無時無刻不在記掛著女兒。

「嬸子，你別哭啊！」林東說道：「枝兒在城裏好著呢，吃得好住得好，你們就放心吧。」

孫桂芳抹了抹眼淚，笑道：「你看我……唉，東子啊，讓你見笑話了，有你照顧枝兒，你嬸有啥不放心的。」

林東起身道：「嬸子，那我就回家去了。」

孫桂芳把林東送到門外，回到家又是一陣長吁短歎，如果不是當初她男人柳大海造孽，這林東早就是她名正言順的女婿了。要是那樣，她的枝兒該有多幸福。

林東回到家裏，門是鎖著的。

他沒有家裏的鑰匙，只好停了車在門口等著。等了好一會兒，也不見二老回來。剛想出門去找找，就見林母背著一大捆柴火走到了家門口。那一大捆沉重的柴火與林母瘦小的身軀形成了鮮明的對比，恐怕不下上百斤重，壓得林母的腰都快彎成了九十度。

「媽！」

林東趕緊衝過去要幫母親。

「東子，你別碰，這柴火上面都是灰，別弄髒了你身上的好衣服。」

林母不讓兒子碰她背的柴火，把柴火背到了門前的柴火堆上，然後才過來給林東開了門。

「這麼早就到家啦，我以為還要跟上次那樣傍晚才能到家的。兒啊，餓了吧，鍋裏給你留著飯呢。」林母說著，在水缸裏舀了一盆冷水洗了洗手，站在旁邊的林東看到母親兩隻手上皸裂的口子，有的都往外冒血了，心裏一陣揪心的疼痛。

「媽，以後田裏的家裏的事情你都別做了，跟我去城裏享福去。」

林母洗了手，在圍裙上擦了擦手，「我不去，城裏我住不習慣。你媽忙了一輩子，不做事哪成？那可比殺了我還難受。」

娘兒倆進了廚房，林母從鍋裏把飯菜給林東端了出來，「還熱著呢。東子，你快吃吧。」

母親準備了幾樣小菜，都是他最愛吃的家鄉菜。林東扒拉著飯菜，眼珠子裏淚花兒打轉。

「爸呢？」

過了好一會兒，林東才調整好情緒，問道。

林母說道：「你爸和你大海叔他們都在雙妖河那兒呢，這幾天每天都有材料運過來，他得一天到晚看著。晚上為了防賊，你爸和你大海叔都是在河岸上搭棚子睡覺的。」

「這也有人敢偷？」林東訝聲問道。

林母笑道：「這有啥稀奇！想那年村子裏通電，公家鋪電線，不知道被偷過多少回電線呢，直到有一次有個人偷電線被電死了才沒人敢偷。那些水泥都放在河岸上，如果沒人看著，肯定得少。」

村裏是在林東五六歲的時候通了電，那些事情他有些模糊的印象。這人窮志短，說的一點都不假。雖然眼下的生活好多了，但說不定就有誰惦記著從工地上弄點東西回去。

林東吃了飯，把車裏的東西拿了下來，交給了母親。

「媽，這一份是高倩買給你和我爸的，另一份是枝兒買給你們二老的。」

說起柳枝兒，林母的臉上又現出了愁雲。

「兒啊，你和枝兒到底怎麼辦呢？要是讓小高姑娘知道了，那可不得了啊！」

林東也不知該如何處理與柳枝兒的關係，他只知道一點，不能丟下柳枝兒不管，至於會不會被高倩知道，他也只能聽天由命了。

「媽，你別瞎擔心了，我會處理好的。」

林母唉聲歎氣，她瞭解自己的兒子，就算是天塌下來，林東也只會在她的面前硬撐著。

「兒啊，你可不能對不起人家小高姑娘啊！」

林東點了點頭，「媽，這些事你就甭擔心了。你在家，我去找爸去。」

林母道：「好，你去吧，晚上叫你爸回家吃飯，我給你們爺倆做些好菜。」

「哎，我記住了。」

林東出了門，朝雙妖河走去，路上遇到幾個村民，被拉著聊了一會兒。這次雙妖河造橋，在柳大海的號召下，林東出錢，全村人都出力，各家各戶都參與了進來。柳大海把這叫作「全民運動」。

剛走出村子沒多遠，離雙妖河還有段距離，就聽到雙妖河那邊熱鬧鬧的拖拉機轟隆聲。走到近處一看，原來是送水泥和石子的拖拉機過來了。

舊橋旁的河岸上集結了不少村民，造橋對雙妖河的老百姓來說，那可是一件了不得的大事，有些村民一輩子也難得遇上。有些年紀過了八十的老長輩，此刻正蹲在河邊上，向後輩們講述當年造現在的這座舊橋時候的盛況。雖然這些都是陳年舊事，而且後輩們可能已經聽了無數遍，甚至有的人能倒背如流，但是每當老人講起那些年的事情的時候，總不缺聽眾，似乎聽了多少遍也不會厭。

林東悄悄的走過去，此刻眾人正圍著一名白髮蒼蒼的老者，聽他講當年造橋的事情。

「那一年全縣都發了大水，咱們村前面這條雙妖河裏的水位都快滿了上來。連日下了個把月的雨，村子裏家家戶戶屋裏都快能養魚了。那時候缺衣少食，村裏都鬧了饑荒，還因此死了些人，我的奶奶就是那個時候餓死的。後來雨停了，大水退了，當時的村長就把大夥兒召集起來，說要在雙妖河上造橋，以免來年洪水再次氾濫的時候出不去……」

講故事的這位叫林洪寬，論輩分在柳林莊裏沒人比他大，在村裏相當有威望。柳林莊誰家有喜事喪事都得請他主持。林洪寬是個愛湊熱鬧的老頭子，村裏哪裏熱鬧就往哪裏去。

眾人聚精會神的聽他講故事，倒是沒人發現林東的到來。

柳大海和林父在另一頭清點完水泥，走了過來。

「喲，那不是東子嗎！」

柳大海快步走了過來，眾人這才發現林東。

「東子，啥時候回來的啊？」眾人七嘴八舌的問了起來。

「剛到家不久。」

林東掏出香煙，開始挨個散煙給鄉親們。

林洪寬的故事沒人聽了，他也站了起來。雖然是八十多歲的人了，但身子骨健壯，腰板還是挺直的。

「東子啊……」

林洪寬撥開人群，走到林東面前，抓住了林東的手。

「娃娃啊，你替村裏辦了大好事了。」老漢老淚縱橫。

「太公，哭什麼呀！既然是好事就別哭了。」林東笑道。

柳大海插了一句嘴，「東子，你爹也在這兒呢，快來見見你爸。」

林父站在人群外面，嘴裏抽著廉價的香煙，臉上看不清悲喜，只有無聲歲月刻下的深深的皺紋。父親的臉和大多數農民的臉一樣，呈黝黑色，眼窩陷得很深，鼻樑高挺，目光堅毅。

林東往前走了兩步，把煙遞給他爸，「爸，抽煙。」

林父點了點頭，只說了一句。「回來啦。」

這就是父子二人的對話。林東瞭解他的父親，是個木訥的農民，不會說話，不管心裏有多麼想要見到兒子，也不會說出來。

眾人又把林東團團圍了起來，年輕些的村民開始紛紛向他打聽外面的世界。

柳大海一根煙抽完，就把圍著林東的村民都趕到了一邊去。

「過去過去，一邊兒玩去，老子有正事！」

柳大海走到林東跟前，笑道：「東子，叔跟你彙報彙報情況。」

柳大海凡事都愛出風頭，尤其在柳林莊這一畝三分地，他把林東拉到一邊，不讓別人和林東說話，好像這樣才能顯示出他柳大海的能耐來。

柳大海領著林東到堆放建材的地方逛了一圈，不停的說這些天他有多麼辛苦。當然，為了能讓林東信他的話，他把林父也給捎帶上了。

「自打第一車沙子運來之後，我和你爸就沒回家睡過覺。瞧見這兩草棚子沒？就是我和你爸睡覺的地方。哎喲，晚上西北風一吹，像是孤魂野鬼的叫聲，那可真是又冷又嚇人。」

柳大海指著對面建材的地方旁邊的兩個草棚子說道，在農村這種草棚子並不難見。有些人家地裏種的是西瓜之類的東西，防止有人去偷，一般都會在地頭搭一個棚子用來晚上住那兒看守。

「明天早上八點半，鎮上的劉書記和馬鎮長都會過來，聽說還會有記者過來，到時候咱把這奠基典禮辦得熱熱鬧鬧風風光光，叫全縣其他村的人眼紅去。」柳大海在柳林莊風光了一輩子，但沒一次有明天的陣仗，想想都讓他興奮。

「村裏我已經開過了動員大會，明天凡是在家的，都會過來。對了東子，有個事情我得向你請示一下。」柳大海一臉嚴肅的說道。

林東笑道：「大海叔，你這是幹啥呢，我又不是你的上級，請示啥，有啥事你就說唄？」

柳大海道：「明天鎮上領導過來，他們的午飯你看是怎麼弄的呢？還有，要不要送點禮啥的？」

林東一皺眉頭，這些事他本不想搞，但又不好駁了柳大海的面子，說道：「大海叔，你的意思呢？」

柳大海道：「那我就說了啊，照我看，咱們應當表示表示。吃飯嘛，除非去縣城，咱鎮上也沒啥好吃的，要不中午就留他們在我家吃一頓，咱整點農家菜，純綠色食品，也說得過去，拿得出手。禮品嘛，可有可無，並且我也實在不知道送什麼好。東子，你是什麼想法？」

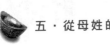

林東說道：「照我看，禮品咱就不送了，中午招待他們一頓就行了。咱們造橋沒要鎮上出一分錢，沒必要搞得跟咱們欠他們似的。」

「咱怎麼可能欠他們！東子，為這事劉書記把我叫到他辦公室好幾次了，大力表揚你呢。」

柳大海心裏叫苦不迭，鎮裏自然不能把他林東怎麼樣。但他柳大海村支書的工作還得繼續幹，他怕招待不好劉書記一行人，等到日後給他小鞋穿就麻煩了。不過林東既然那麼說了，柳大海總不會傻到自己掏錢買禮品送給明天鎮裏來的人。

林東微微一笑，什麼也沒說。

柳大海想著書記和鎮長交代給他的事情，低聲對林東說道：「東子，鎮裏說你發了財了，不能忘了鄉親們，讓我問問你能不能出點錢在鎮上投資搞工廠。劉書記說了，你要哪塊地就給你哪塊地，盡可能滿足你一切要求。」

林東看得出來柳大海很為難，笑道：「大海叔，你讓他們放心吧，我林東不是那種一人發財就忘了家鄉的白眼狼，大廟子鎮是生我養我的地方，我一定會竭盡所能的為咱們鎮做些事情的。」

柳大海心頭大喜，心想如果能促成這事，那他就算是立了大功了，到時候說不定還能升官呢，連忙問道：「東子，那你打算搞什麼廠？造紙廠？窯廠？還是玩具廠？」

生活在這個貧困的地方，柳大海也只能想到這些廠了。

林東笑了笑，「都不是。大海叔，我要做的是個大專案，過一陣子你就會知道了。」

林東顯然沒有再深入說下去的意思，柳大海也懂得分寸，沒繼續問他。獨自在心裏琢磨林東所說的「大專案」到底是什麼專案？又究竟有多大呢？

「枝兒在那邊怎麼樣？」柳大海終於想起了女兒。

林東說道：「枝兒在那邊很好，她很適應城裏的生活，而且找到了一份她喜歡的工作。」

「是的，我聽她說了，一個月能掙三四千塊，很不錯，比她爹我強多了。」柳大海臉上露出了笑容，柳枝兒掙的錢回來多半是要給他的，他盼望著女兒賺的越多越好。

柳大海領著林東又回到了人群裏，一直跟在林東身邊，好像他就是林東的秘書似的，始終離他不會超過兩米。眾人又圍了過來，他們都知道林東現在有的是錢。

「東子，你現在一年能掙多少錢，一百萬有嗎？」

林東發了財之後，他的身家和收入就成了村裏人反覆談論的話題。不少人因此去問了林家老倆口子，不過二老都說不知道。並非是他們有意不說，而是的確就不知道，他們從來沒問過兒子的身家與收入。

「一百萬？肯定不止，照我看至少得有兩百萬！」

對於這些問題，林東瞭解村民們的心情，所以雖然不願回答，但也不會生氣，嘴裏含糊幾句就搪塞了過去。

林洪寬把林東拉到了老橋的橋頭前，眼含淚花的說道：「娃啊，這橋自我出世的時候就存在了，明天就要拆了重造了，太爺我心裏不捨啊。」

林東笑道：「太公，我幫你拍照照片吧，把老橋和你都拍進去。你想老橋的時候就把照片拿出來看看，也算是留了個紀念。」

「還是你有心，來，拍吧。」

林洪寬背抄著手站在橋頭，林東替他和老橋拍了一張合影，又拍了幾張老橋的照片。村民們知道他在照相之後，紛紛要求要和老橋合影留念。這座橋承載著每一代人的記憶，眼看就要沒了，村民的心裏多少有些酸楚。

林東拍完了照片，柳大海把他拉到一邊，說道：「東子，老橋對咱們的意義不只是一座橋那麼簡單，拆了大家都捨不得。要不這樣子，等明天奠基典禮村裏人都過來的時候，咱們請記者幫咱們拍一張全村人的合影。你看如何？」

林東拍掌叫好，「這主意好啊！到時候照片每戶發一張，幾十年過後，可以讓後人也瞭解到曾經咱們柳林莊還有座老橋。」

天色漸晚，村民們陸陸續續開始回家了。

林父走了過來，對柳大海說道：「大海，你先回家吃飯去吧，這裏我看著，吃完飯過來換我。」

柳大海道：「老林哥，要不你們都跟我回家吃飯，不在乎這一時半會的。」

「那哪行！萬一東西被偷了怎麼辦？誰負責？這不是咱兩家的東西，是全村的！」林父堅決不同意柳大海的提議，「大海，你趕緊回去吃飯吧。」

柳大海轉而看向林東，「東子，要不你跟我回家吃飯去？」

林東擺擺手，「大海叔，別客氣。我待會和我爸一起回家吃飯，我媽準備了飯菜了。」

柳大海請不動這父子倆，搖搖頭就回家去了。

第六章

風光之前跌一跤

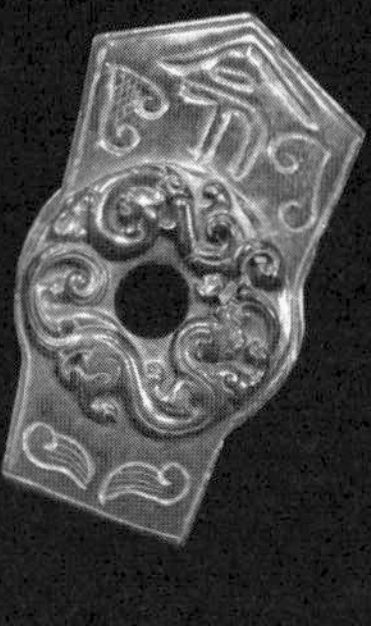

「救命啊……」柳大海扯開嗓子嚎叫，他試著爬起來，但是腿上卻使不出力氣，而且一用勁就鑽心的疼。

林東還沒睡著，聽到聲音就拿著手電筒衝了出來，「大海叔，怎麼啦？」

「東子，快來救我，你叔我摔河裏去了。」柳大海在河底叫道。

林東趕忙跑到河岸上，手電筒一晃，瞧見柳大海躺在河底，正抱著小腿哀嚎。

林東和他父親坐在河岸上，看著西沉的落日，等待著黑暗的降臨。父子倆沒說什麼話，就這樣看著天邊。

天黑了之後，柳大海才提著手電筒走了過來。走到林家父子面前，打了個飽嗝，酒氣熏人。

「大海，又喝酒啦！」林父不悅的說道，柳大海自打和他來這裏看材料，幾乎是每晚都喝酒，夜裏睡得跟死豬似的，就算有賊來他也聽不到。這也是林父當時不同意和他每人一晚輪班來看材料的原因。

柳大海嘿嘿笑道：「老林哥，這地方夜裏太冷，我喝點酒暖暖身子，沒喝多。」

林父道：「你好生看這些，我回家吃過飯就過來。」

「好，交給我你就放心吧。」

柳大海笑著朝草棚子走去，走路時兩條腿發飄，顯然是喝了不少酒。

「唉……」林父瞧著柳大海的背影，唉聲歎氣，連連搖頭。

「爸，天不早了，咱們趕緊回去吧，媽該等得著急了。」林東道。

林父一點頭，走在前面，父子倆一前一後的往村子的方向走去。這讓林東想起了小的時候，他是個調皮的孩子，喜歡在村子裏四處亂竄，林父每天放工到家之後，第一件要做的事情就是滿村子把他找回來。那時候就是這樣，父子倆一前一後走著，小林東跟在父親的後面，給父親講一天的見聞，而父親卻很少說話。

村子裏家家戶戶都亮起了燈光，走到林翔家門口的時候，林翔他爹看到了林家父子，對他家來說，林家就是大恩人，趕緊請他們去家裏吃飯。林東婉言拒絕了。

父子二人還沒走到門口，就瞧見了翹首企盼的林母。

林母見他爺兒倆回來了，上前問道：「怎麼才回來？菜都快涼了。」

「媽，沒事，咱進屋吧。」林東笑道。

一家三口進了屋裏，林東幫助母親把飯菜端上桌。

「爸，要不要喝點？」林東這次又帶了兩瓶好酒回來，想拿出來給父親喝。

林父搖搖頭，「今晚就不喝了，晚上我還得去看東西。大海那傢伙靠不住，晚上睡覺太死。」

林母心疼的說道：「東子，你瞧你爸這陣子瘦的，晚上睡不好覺，長此以往，人怎麼能熬得住！大海也真是的，要睡覺就在家睡，惺惺作態，非得每晚也去看東西。」言語中包含著對柳大海的不滿。

林東去屋裏拿了一瓶酒過來，開了瓶。

「咦，說了不喝你怎麼還給我倒呢？」林父見兒子要給他倒酒，趕忙想制止。

林東笑道：「爸，少喝點不妨事。你也熬了很多天了，今晚你就在家裏睡個安穩覺，我去替你看建材。」

林父趕緊擺手，「這不行，那事情你怎麼能做！」

「爸，我不是小孩子了，是大人了，有什麼是我做不了的呢。來，喝酒。」林東端起了酒杯。

林母也跟著勸道：「孩兒他爸，你就聽東子一回話吧，今晚就留在家裏好好睡一覺。明天就正式開工了，以後會更辛苦，正好趁今晚好好休息休息。」

林父點了點頭，指著杯子道：「那就給我倒滿了吧。東子，你就別多喝了，免得晚上睡得跟你大海叔一樣死。」

林東笑道：「我不多喝，就半杯。」

一家人坐在一起吃菜喝酒，倒也算是其樂融融。兒子回來了，林父心裏頭高興，晚上就多喝了點，一個人喝了半斤多，林東只喝了半杯。吃過晚飯之後，林父迷迷糊糊的就上床睡覺去了。

林母給林東拿了手電筒，說道：「兒啊，晚上注意點安全。」

林東笑道：「放心吧媽，在那兒還能有啥不安全的。」

林母也知道是這個道理，但仍是反覆的囑咐了兒子，她把林東送出了村子才回了家。

林東拿著手電筒來到了雙妖河畔，柳大海還沒睡著，見到了燈光，沒看清楚是誰，以為是林父，「老林哥，來啦。」

「大海叔，是我。」林東道。

柳大海聽出來是林東的聲音，趕緊從草棚子裏鑽了出來，問道：「東子，怎麼是你，你爸呢？」

林東道：「我來替我爸，讓他在家休息一宿。」

柳大海笑道：「還是有兒子好啊，打虎親兄弟，上陣父子兵，老話總不會說錯的。」

「大海叔，你也有兒子，根子他還小，再過幾年，肯定就能幫你做事了。」

「呸！那小崽子。只知道向你叔伸手要錢花，要是能有你一半懂事，我就心滿意足了。」柳大海想起曾經做過的錯事，他這輩子最後悔的一件事就是跟林家悔婚，否則女婿頂半子。林東早成了他女婿，那他在人前的地位可就不一樣了，就算是見到了鎮裏的劉書記，也能挺直腰板說話。

兩個草棚是正對著的，柳大海睡著西邊的那個草棚裏，東邊的是林父的。這兩草棚是林父和柳大海一起動手搭的。四壁都是稻草，密不透風。林東掀開稻草簾子，進了草棚子裏。

柳大海走了過來，說道：「裏面有蠟燭。」

林東用手電筒照了照，找到了蠟燭，然後掏出打火機點燃了蠟燭，草棚子裏一下子就亮了起來。

柳大海道：「晚上睡覺一定記得要把蠟燭吹滅，否則點著了草棚子可不是鬧著玩的。」

林東點點頭，說道：「大海叔，不早了，你也過去休息吧。」

柳大海似乎有話要跟他說，並沒有急著要走的意思，「東子，叔問你個問題，不知應不應該問。」

林東笑道：「大海叔，你跟我客氣什麼，有事就說唄。」

柳大海道：「那我就斗膽問一句，你是打算怎麼處理跟枝兒的關係的？」

林東一下子愣住了，他實在是不知道該怎麼回答柳大海這個問題，因為他自己也不知道如何處理，不僅是柳枝兒，還有楊玲和蕭蓉蓉，「大海叔，你放心吧，我會處理好的。」

林東第一次感到說話時心虛的滋味是怎樣的。

柳大海道：「東子，叔相信你。我就這麼一個女兒，別怪叔，叔當然希望她好。好了，你睡吧。」

柳大海走了，林東明白他的意思，柳大海無非是想林東給柳枝兒一個名份，但這從目前來看，幾乎是不可能的。

「唉……」

林東吹滅了蠟燭，黑漆漆的草棚子裏，他睜著眼睛，眼前是伸手不見五指的黑暗中，陷入了深深的迷茫之中。

也不知過了多久，林東迷迷糊糊的睡著了。

半夜時分，一覺睡醒之後，聽到外面隱隱約約似乎有動靜，林東披上了外套，悄無聲息的掀開了稻草簾子，仔細辨別了一下聲音傳來的方位。

過了一會兒，他確定聲音是從對面柳大海的草棚子裏傳來的，隱隱約約的像是柳大海的喘息聲。

林東放輕腳步，往前走了幾步，就基本上能聽清柳大海草棚子裏的動靜了，是柳大海粗重的喘息聲。

「死鬼，你輕點……」

林東聽到了女人的聲音，這聲音他有些熟悉，可以肯定的是，絕不是柳大海的老婆孫桂芳的。

「蘭花兒，想死我了，來，讓我親親。」

草棚裏傳來兩人窸窸窣窣脫衣服的聲音，林東搖了搖頭，退回到他的草棚子裏，他已知道和柳大海偷情的是誰了，是後莊柳大路的媳婦。柳大路和柳大海是族裏的兄弟，比柳大海年輕十來歲，常年在外打工，沒想到他媳婦李蘭花居然背著她男人與柳大海偷情。

柳大海也是憋了很久了，這些天他一直在這裏看建材，林父一晚上要出來看好幾遍，柳大海在這裏根本沒機會偷情。柳大海見今晚來的是林東，林東那邊蠟燭熄滅了之後，柳大海就給李蘭花家打了電話，約她過來。

這李蘭花也實在是膽大，一個女人居然晚上從村裏走到這裏也不害怕。

林東躺在草棚裏，想到柳大海的所作所為，心裏十分生氣。如果柳大海不是柳枝兒的爹，他恨不得永遠不搭理這個人。晚上還讓他好好待柳枝兒，沒想到半夜裏卻睡別人家的媳婦，柳大海又是怎麼對待自己的老婆的！

在草棚裏躺了一會兒，就聽到草簾子被掀起來的聲音，繼而就聽到了輕盈的腳步聲。

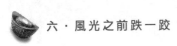

林東知道這是柳大海完事了，李蘭花走了。

又過了一會兒。柳大海拿著手電筒，走到河岸上，解開了褲子撒尿。哪知道一不留神沒看腳下，一腳踩空摔了下去，沿著河岸滾到了河裏。

「救命啊……」

柳大海扯開嗓子嚎叫，他試著爬起來，但是腿上卻使不出力氣，而且一用勁就鑽心的疼。

林東還沒睡著，聽到聲音就拿著手電筒衝了出來，「大海叔，怎麼啦？」

「東子，快來救我，你叔我摔河裏去了。」柳大海在河底叫道。

林東趕忙跑到河岸上，手電筒一晃，瞧見柳大海躺在河底，表情十分痛苦，正抱著小腿哀嚎。

他立即衝下河坡，蹲在柳大海身旁，問道：「大海叔，你這是怎麼了？」

柳大海忍著痛開口道：「東子，你叔我可能是摔斷了腿了。」

林東道：「我抱你上去，然後帶你去醫院。」

柳大海擺擺手，「我一百六七十斤的重量，河坡那麼陡，你抱不動我的。東子，你趕緊去村裏叫人，多找幾個人過來才能把我弄上去。」

林東吸了口氣，把柳大海從河底抱了起來，往後退了幾步，留下距離助跑，然後雙腿發力，一口氣衝到了河岸上。

「大海叔，咱們上來了！」

柳大海驚訝的說不出話來，他沒想到林東看上去那麼瘦，居然有那麼好的體力。那麼陡的河坡，一般人就算是空著手也得手腳並用才能爬上來，而林東居然抱著一百六七十斤的他就這麼衝上來了，這令柳大海太震驚了！

「大海叔，我先把你放進草棚子裏，然後我回家開車送你去醫院。」

林東說完，就抱著柳大海進了草棚子裏。

「東子，你去把老太公找來，不要送我去醫院，他有辦法治我的傷的。」柳大海知道一旦去了醫院，那麼明早的奠基典禮他肯定是趕不回來參加的，而這次奠基典禮是他精心籌備已久的，就算是瘸著腿，他也要參加。那麼露臉的事情，怎麼可能少得了他！

林東道：「不行啊，老太公只會給牛羊治病，他哪會治人。大海叔，我還是開車送你去醫院吧。」

柳大海連連擺手，「東子，聽叔的話，去找老太公，他絕對行的！你還沒出生的時候，咱們村上河工，每一年都帶著他，誰有了傷什麼的，都是老太公治好的。」

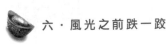

「那好，我這就去請老太公，如果他不能看，我馬上送你去醫院。」

柳大海咬著牙點了點頭。

林東拿著手電筒一路小跑進了村裏，柳大海則打電話通知了族裏的幾個兄弟，讓他們過來。

老太公家在村子的最後一排，林東在他家門外敲了老半天的門，惹得兩旁鄰居家的土狗叫喚個不停。

林洪寬一見是林東，訝聲問道：「娃，你這麼晚來找我啥事啊？」

林東道：「太公，大海叔摔斷腿了，他讓我來請你過去看一看。」

林洪寬冷哼了一聲，「大海這傢伙，敢情是壞事做多了遭報應了。」

林東想起柳大海今晚和李蘭花偷情的事情，心裏也覺得他是遭了報應了。

林洪寬嘴上那麼說，但醫者父母心，已從屋裏拿了個木頭做的藥箱子出來，鎖上了門，和林東一起朝雙妖河走去。

林東幫老太公拎著藥箱子，走到那裏的時候，柳大海的幾個兄弟都到了，幾個人手裏都拿著手電筒，把草棚子附近照得雪亮。

「唉喲……疼啊……」

柳大海躺在草棚子裏哼哼唧唧，眾人見到老太公過來了，紛紛讓開了路。

林洪寬掀開草簾子，柳大海滿頭都是大汗淋漓，臉色蒼白。

「大海，哪兒疼？」林洪寬問道。

柳大海睜開眼睛，瞧見了他，「太公，你來啦，那我得救了。」

「東子，把我的箱子拿進來。」林洪寬朝外面叫道。

林東拿著藥箱子進了草棚子，棚子裏空間狹小，差不多快沒插腳的地方了。

「太公，我腿腕子疼，骨頭裏面疼，估計是斷了或是裂了。」柳大海說道。

林洪寬瞪了他一眼，「我只問你哪裏疼，沒問別的，你要是知道自個兒傷在了哪兒，那叫我過來作甚！」

柳大海知道這老太公是出了名的古怪脾氣，立馬閉了嘴，他是不敢跟柳林莊德高望重的林洪寬頂半句嘴的，不管是平時還是現在。

林洪寬的目光轉移到柳大海的腳腕子上，伸手摸了摸柳大海左腿腕，柳大海立馬倒吸涼氣，一個勁的喊疼。

林東朝柳大海的腿腕子看去，只見腫起來很高，撐的襪子都快破了。

林洪寬表情凝重，柳大海瞧他那樣，心裏咯噔一下，「太公，我的腿不會廢了吧？」

「你再不閉嘴就廢了！」林洪寬怒道，轉而對林東說道，「這裏光線不好，把他抬回家再治吧。」

林東點點頭，走出草棚子，對柳大海的幾個兄弟說道：「各位叔伯，家裏有擔架啥的沒？」

眾人搖搖頭，柳大河說道：「哪來的擔架，整一副門板就行了。你們等著。」受傷的是他的哥哥，所以柳大河格外勤快，一溜煙跑回家，扛了一扇門回來。

「把我哥抱出來放在床板上面，然後咱們抬著他回家。」

柳大海的兄弟把柳大海抱了出來，放在床板上，幾人合力抬著柳大海朝村子走去。

林東走在前面打著手電筒負責帶路，進村之後，發出來的動靜驚動了村裏的狗，各家各戶的狗都叫了起來。

到了柳大海家門前，林東上前敲了敲門，「嬸子，開門啊……」

過了一會兒，屋裏頭燈亮了，孫桂芳披著棉襖開了門，一眼就瞧見了躺在門板上的柳大海，驚叫著撲了過來，「哎呀，大海，你這是怎麼啦？」

「別哭，我還沒死呢。」柳大海道。

「抬進去！」林洪寬一揮手，眾人就抬著柳大海進了門，到了屋裏，柳大河把他抱上了床。

「行了，沒你們什麼事情了，都回家睡覺去吧。」林洪寬道。

「哥，那我們就先回去了，明天再來看你。」不一會兒，一夥人就散了。

房間裏只剩下四個人，床上躺著的柳大海，床邊坐著的林洪寬，還有站在邊上的孫桂芳和林東。

「大海他媳婦，把你男人的褲子脫下來。」林洪寬說道，柳大海腿上穿得太多，根本看不清腳踝傷得有多嚴重。

孫桂芳立馬走了過來，把柳大海腿上的褲子脫了下來，期間難免碰到柳大海受傷的腳踝，疼得他嗷嗷直叫，一邊叫一邊罵孫桂芳，在場的林東和林洪寬都是直皺眉頭。

「輕點、輕點啊……」

孫桂芳臉上掛著淚痕，看到她男人傷成這樣，心裏難免心疼，如果讓她知道柳大海晚上和李蘭花偷情的事情，卻不知會作何感想。

「大海，平時瞧你人五人六，不是挺爺們的嘛，怎麼這會兒這點疼就吃不消了？」林洪寬拿話這麼一激，柳大海立馬就咬緊了牙關，不再發一言。

孫桂芳給屋裏加了兩個火盆，室內的溫度馬上就升了許多，一點都感覺不到寒冷了。

「東子，材料沒人照看，你趕快過去吧。」

柳大海倒是沒忘了這事，林東心想他在這裏也幫不上什麼忙，點了點頭，跟在場三人打了聲招呼就離開了柳大海的家裏。

到了雙妖河畔，林東打著手電筒看了一圈，東西沒有少，倦意上湧，就鑽進了草棚子裏。

第二天一早五點多鐘，林東就醒了。醒來之時，外面已是濛濛亮了。掀開草簾子一看。外面上了大霧，能見度大概只有五六十米。

「哎呀，怎麼是這天氣！」

林東抱怨了一聲，拎著手電筒回家去了。

路過柳大海家門口的時候，只見他家家門緊閉，也不知道柳大海的腿傷有沒有大問題。

到了家，林家二老都已起來了。圈裏的豬崽子嗷嗷叫。扒著豬圈門，似乎想要跳出來找東西吃。林母已經在廚房裏燒水燙豬食了，聽到腳步聲，在廚房裏喊道：

「是東子回來了嗎？」

「媽，是我。」林東應了一聲，走進了廚房。

正和母親聊著，林父走了進來，問道：「昨晚沒什麼事情吧？」

林東道：「東西倒是沒少，就是大海叔摔到了河底去了，腿受傷了。」

「這是怎麼回事？」林父訝聲道。

林東把昨晚的事情說了一遍給父親聽，說完之後，林父歎了口氣，「可憐的大海，忙活了這麼久就是等今天風光一把，這下可好了，還不知道能不能下床。」

林母在灶台後面探出腦袋說道：「老頭子，這下你肩上的擔子更重了。大海這受了傷，造橋的事情肯定沒法管了，所有事情就得由你扛下來了。」

林父哈哈一笑，「沒他更好，大海那傢伙盡務虛，我一人照樣把事情打理得順順當當的！」

「就你能耐大！」林母笑著說了一句，「今兒早上上面要來人了，老頭子，你把你身上的衣服換下來，換上新的。」

「是啊爸，待會還要照相呢，穿得精神點吧。」林東也說道。

林父笑道：「看你們娘兒倆說的，我又沒說不換。等吃過了飯，我馬上換新衣服新鞋子。這橋是咱家東子捐款造的，咱老林家祖上積德，出了人才，我培養出了好兒子，對得起祖宗了。今天是個好日子，必須得穿得精神點！」

林母燒好了水，把麩子和玉米麵混在一塊兒，然後倒進了熱水，攪合攪合就成了豬食。現在的豬吃的都比以前好很多，以前根本就沒有玉米麵和麩子給豬吃，那都是人吃的東西。以前餵豬，都是糠和一些爛山芋。林東心想，難怪現在的豬都比以前長得快長得肥，只是肉吃上去沒有以前香了。

林母餵過豬之後就開始張羅早飯，她並沒有因為兒子回來而特意準備什麼好吃的，還是玉米麵子稀飯加烙餅。這些東西林東雖然以前不喜歡吃，但不知道為什麼，自打上了大學之後，每次回家都很想吃這些粗食。現在在城裏吃膩了山珍海味，有時候他會很想念老家的粗茶淡飯。

一家人正在吃飯的時候，柳根子跑進了林東家。

「根子，你怎麼沒去上學呢？」林東瞧見一頭汗的柳根子，問道。

柳根子氣喘吁吁，看樣子是有急事，「東子哥，今天是星期六，上什麼學啊！我爸叫我來找你，先去了一趟河裏，你不在那兒，害得我白跑一趟。」

「大海叔找我啥事啊？」林東問道。

柳根子喘著粗氣說道：「我爸讓我來請你和林大伯過去一趟，說有事情和你們商量。」

林父開口道：「根子，你回去告訴你爹，我和你東子哥馬上就到，把碗裏的稀飯喝完了就去。」

柳根子撒開腳丫子，一溜煙就跑了，林家父子吃過了早飯，一起朝柳大海家走去。

到了柳大海家，孫桂芳瞧見了他倆，把林家父子迎進了屋裏，「大海在裏屋，昨晚摔傷了腿，疼得一夜都沒合眼。」

林家父子跟著孫桂芳進了柳大海家東邊的臥室，柳大海躺在床上，兩眼無神的望著房樑。

「大海，老林哥來了。」孫桂芳說了一句，然後就離開了房間。

柳大海從床上坐了起來，看上去十分吃力。

「大海，你的傷要緊不？」林父上前問道。

柳大海苦笑了一聲，「唉，老林哥讓你見笑了。到了這緊要關頭，我竟然出了這事。我讓根子把你們叫來，就是想商議一下今天的奠基儀式這事呢。我摔傷了腿，多虧了老太公幫我放出了淤血，但也不是一兩天就能好的，至少得休息個十來天。老林哥，今天我出不了力了，這事情你是怎麼想的呢？」

林父道：「我沒怎麼想，還是按照之前你說的那麼辦。」

柳大海道：「總得找個主持局面的人吧，我這樣子肯定不行了。」

林父沒什麼主意，朝兒子看去，「東子，你大海叔說的是，你看找誰好呢？」

林東腦筋一轉，心裏已經有了人選，笑道：「大海叔自然是最合適的人選，可他現在受傷了，要我看就請老太公主持吧，怎麼樣？」

林東連帶著捧了柳大海幾句，這話對柳大海十分管用，一時間竟然令他覺得腿都不那麼疼了，咧嘴呵呵直笑。

「東子的提議很好嘛，老太公是咱們村輩分最長的人，村裏所有人都很尊敬他，由他來取代我主持奠基典禮，那是最合適的人選了！」柳大海笑道。

林父道：「那我馬上去聯繫老太公，這都八點鐘了，還有個把鐘頭鎮裏的領導該到了。」

柳大海道：「老林哥，那你就去吧。我雖然不主持奠基典禮了，但是上面來了人，我作為村支書，無論如何都要出去見見的。」

「大海，你都傷成這樣了，我看就在家好好養傷吧，別亂動，小心傷情惡化。」孫桂芳從廚房裏給柳大海端來了肉湯，聽到柳大海說要出去迎接領導，忍不住開口勸他不要去。

柳大海立馬就撂了臉色，「你懂什麼！什麼叫政治？你懂嗎！」

「大海叔，那沒事我們就走了啊。」

林家父子見此情景，立馬就走了。柳大海似乎很生氣，把孫桂芳好好的罵了一頓。

到了門外，林父歎道：「唉，大海就是權欲心太重了。他媳婦哪裏說錯了，都傷成那樣了，還要迎接鎮裏的領導，這不是自找罪受嗎！柳林莊就這屁大點的地方，至於他這麼豁出命去護著嗎？」

林東笑了笑，「大海叔就這樣的人，你又不是不瞭解他，在咱們村，他事事都要凸顯自己的存在的。」

柳大海的行為讓林東想起了護食的狗，為了那一盆菜飯，敢咬死所有前來侵犯的敵人。

林家父子來到了老太公家的門前，老太公正在院門外練功。林東上大學前不知道老太公練的這是什麼功夫，覺得太柔了，沒什麼意思，等上了大學，體育課可以選修太極拳，林東才知道老太公練的是太極拳，是很深奧難練的一門功夫。學校的體育老師與老太公比起來，他們的招數簡直使得太生硬了。

據老太公所說，他這功夫練了已有四五十年了，已達到了圓融的境界。

林東不知道老太公這太極拳是跟誰學的，因為他與老太公年紀相差太大，對老太公年輕時候的事情並不瞭解。就整個柳林莊而言，知道老太公年輕時候的經歷的人基本上都去世了，現在的老太公，在村子裏就是個謎，身上有許多耐人尋味的東西。

林洪寬收了掌，朝林家父子笑道：「你們爺兒倆怎麼一早來我這了？」

林父開口道：「太公，大海摔了，今天的奠基典禮他是沒法主持了。他和我商量了一下，想找你代替他主持，我和東子這是來請你的。」

「我一把年紀了，老骨頭一把，村裏有的是比我厲害的能人，找我作甚？」

人越老脾氣越怪，林洪寬也不例外。在他心裏，林父這個晚輩還是可以的，但也只能算得上可以，他仍看不入眼。

「太公，村裏誰有比你大的面子？你說話誰能不聽？你就勉為其難出面主持吧。」

林洪寬冷冷說道：「咱村裏又不是要去打仗，關我說話管用不管用啥事？」

林父被他一句話噎住了，他本就是嘴笨的人，這下更是不知道說什麼是好了，只能朝身旁的林東看去。

林東明白父親的意思，笑道：「老太公，你不出山，旁人怎麼能鎮得住場面？

今兒這事沒有你不行，你也不願意看到好好的奠基典禮亂了套吧？太公，你就看在全村人的面子上答應了吧！」

林洪寬捋鬚哈哈笑道：「娃這話中聽！好，你們回去吧，我一會兒就過去。」

林家父子朝家裏走去，路上，林父不禁問道：「東子，咱爺倆說的話是一個意思，那為啥老太公不買我的賬，卻買你的賬呢？」

林東笑道：「這個問題太簡單了，你想想，如果爺爺在世，他是願意聽我的，還是願意聽你的？老人家嘛，都是喜歡小輩的。」

林父點點頭，說道：「也是這個道理。」

第七章 父母官

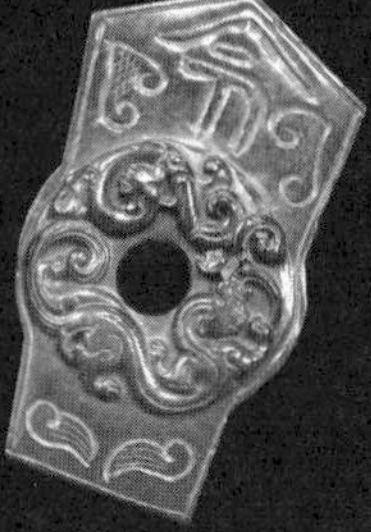

嚴慶楠雖是個女人，但長得人高馬大，身高一米七五上下，非常魁梧，所以自有一股不怒自威的氣勢。

按照古話，她作為懷城縣的一把手，就是一縣之父母官，有些年紀大的村民見到了她，紛紛走了過來，拜見這個父母官。

嚴慶楠一一問候村裏的老者，與他們談心交流，這時竟看不出一點官架子。

父子二人回到家裏，林母已把林父的新衣服找了出來。

「老頭子，快進屋把新衣服換上吧。」

林東對母親說道：「媽，待會你也得去，你也換上新衣服。」

林母今天高興，笑道：「行，那我也換上新衣服。」

林家二老進了房裏，過了一會兒倆人一起走了出來，換上了新衣服新鞋子，果然看上去年輕精神許多。

「這衣服穿得我怪難受的。」

林父穿不慣新衣服，只覺全身不自在，渾身不得勁。

林母嗔道：「你就這窮酸命，給你好衣服都不識好，別晃來晃去的了，站有站相，這還要我教你嗎？」

林父咧嘴笑了笑。

時間快到九點，林家父子離開了家，朝雙妖河走去。到那兒一看，河畔上已經聚集了不少村民。今天是週末，孩子們不需要上學，有這等大事，頑皮的孩子們自然早就到了，一個個都在河底追逐嬉鬧。

林家父子走到人群前，所有人都看著這爺兒倆，紛紛和他倆打招呼。

「哎呀，我啥時候要能有個那麼有錢的兒子就好了。」年紀稍大些的村民們都在村裏那麼感歎，林家原來是村裏最窮的，每年因為要給林東籌措學費，都要東家西家的去借錢，誰也沒能想到林東一下子就發了財，一出手就捐了二十萬造橋。

二十萬是什麼概念？

村裏沒人見過那麼多錢，只是大多數人都覺得自個兒辛辛苦苦賣一輩子的力氣也不一定能賺到那麼多錢。

現在林家儼然已經是柳林莊甚至是全鎮全縣的第一富戶，這讓不少以前瞧不起林家的人很嫉妒很眼紅。

憑什麼他家現在能這樣？

在這個貧困的村子裏，像林家這樣把孩子讀書作為頭等大事的人家並不多，就連柳大海那樣在柳林莊絕對是個人物的人，也不是那麼看重孩子的教育問題。唯獨林家二老，始終把林東的讀書當成最重要的事情，寧願吃不飽飯，也要咬牙供林東上學。

他們的辛苦總算沒有白費，林東現在有出息了，能為家鄉做事情了。他們不在乎兒子多麼富有，只要兒子能有出息，只要能讓他們在人前抬起頭，那就足夠了。

林東掏出香煙，給人群裏抽煙的村民散煙。許多拿到林東的煙的村民都聚集到了一塊兒，捨不得馬上就點燃抽了，把煙放在鼻子下面使勁的嗅著味道，有些人已經在為這一根煙能值多少錢而爭論的臉紅脖子粗了。

過了一會兒，老太公來了。

林洪寬一到場，所有人都畢恭畢敬的跟他打招呼，而林洪寬卻是板著臉，一點表情都沒有。

林洪寬走到林家父子跟前，望著眼前的人群，歎道：「咱們村好些年沒那麼熱鬧了！以前只有放電影的時候才會那麼熱鬧。現在政府也不下鄉放電影了，大傢伙好久沒在一塊兒聚聚了。」

老太公的話勾起了林東的回憶，小的時候，每年夏天都會有人到村裏來放電影。傍晚的時候到，天沒黑之前就把布幕和放映機擺好了位置。只要那天放電影，全村那天肯定集體晚飯都吃得早，家家戶戶都拿著小板凳出門。

想起小時候放電影的盛況，那樣熱鬧的場面可能再也見不到了。

「太公，等您過一百歲生日的時候，我請電影隊來放電影，連放三天！」林東道。

林洪寬哈哈笑道：「好啊，就為了那三天電影，我一定得活過一百歲！」

正在說笑的時候，柳大河推著柳大海走了過來。柳大海坐在一架獨輪車上，車上鋪了一床被子，車上臨時按了兩個把手，他就扶著把手，坐在獨輪車上。

柳大海還是耐不住寂寞，這種熱鬧的場面，怎麼能少得了他！

「喲，人來了不少啊！」

柳大海學著電視上領導人的模樣，朝村民們揮了揮手，只是沒有太熱烈的反響，不過柳大海並不在意。

「那哥幾個人呢？」

柳大海指的是他的幾個堂兄弟。

柳大河答道：「哥，他們都在忙呢，應該馬上就過來了。」

話音未落，柳大海的幾個堂兄弟就帶著東西過來了。有的手裏拿著爆竹，有的手裏拿著紅綢子和剪刀，有的手裏拿著幾把嶄新的鐵鍬，還有的用獨輪車推了一塊石碑過來。

「大哥，照你的吩咐，這些東西全拿來了！」

柳大海點點頭，「時間不多了，你們趕緊動起來吧。」

這幾人分工行動，開始忙活起來。

柳大海看了一眼手腕上的電子錶，已經九點了，對林東說道：「東子，我估計鎮上的領導該來了，咱們得去村口迎接吧？」

林東點點頭，「他們來咱們村就是客，走吧。」

柳大海朝林父和林洪寬道：「老太公、老林哥，你們不去嗎？」

林父揮揮手，「有你就夠了，我不去了，這裏的事情我還得照應著。」

林洪寬擺擺手，「我也不去，不愛見當官的。」

柳大海心道你們不去正好，於是就讓柳大河推著他朝村口走去。林東走在他旁邊，柳大海的腿似乎不疼了，一路上不斷的與林東說笑。

到了進村的路口，遠遠望去也瞧不見有車過來。

柳大海忽然一拍大腿，「哎呀，忘了找些娃娃來弄個歡迎儀式了。」

「哥，有這必要嗎？」柳大河笑問道。

「你懂個屁！」柳大海拍著獨輪車叫道：「沒瞧見電視上放嗎？領導人到哪裏視察，那都是夾道歡迎的，還要找娃娃上去獻花呢。」

柳大河不以為然，「不就是鎮裏的幾個傢伙嘛，又不是縣裏的領導，值得你那麼興師動眾嗎？」

柳大海怒了，他弟弟連鎮裏的一二把手都不放在眼裏，那眼裏顯然也不會有他這個村支書，仍然像小時候教訓弟弟那樣，伸手揪住柳大河的耳朵，「大河，你皮肉癢癢了是嗎？你看不起劉書記和馬鎮長，那你哥這個村支書在你眼裏算什麼？」

「哥、哥……疼，鬆手！」柳大河嗷嗷痛叫。

林東實在看不下去了，這柳大河都快四十歲的人了，已不是幾歲的孩子了，被柳大海這樣揪住耳朵，也太不像話了，「大海叔，鎮裏的人估計快到了，注意點形象。」

柳大海這才鬆了手，訕訕笑了笑。

柳大河指著那塵土飛揚的地方說道：「哥，你快看，鎮裏的人來了。」土路的盡頭揚起了塵土，遠遠的傳來了小車的馬達聲。

柳大海立馬扔掉了吸了一半的香煙，神情嚴肅起來，如臨大敵似的。「大河，快扶我下去。」

柳大河扶住柳大海下了獨輪車，柳大海一隻腳不能著地，半懸在空中，左手拄著拐杖，右手扯了扯衣服，挺直了胸膛。

林東瞥了一眼，發現柳大海的鬍子不見了，不禁在心裏歎了一聲。柳大海不過是一個村支書，卻為了迎接上面的領導不顧自己的傷痛，從中可見現在中國的官本位思想有多嚴重，簡直可以說是荼毒深遠。

林東的眼力比較好，瞧見塵土中應該有三四輛小車，問道：「大海叔，咱鎮裏有幾輛小車？」

柳大海不知道他什麼意思，說道：「就兩輛桑塔納，還是買的二手貨。劉書記和馬鎮長各一輛。東子，你問這幹嘛？」

林東指著前方，說道：「來的不止兩輛小車。」

柳大海想了想，說道：「對了，應該是報社和電視台的記者也一起來了。」

林東點了點頭，他也覺得有這種可能。

幾分鐘之後，他們就能清楚的看到小車的模樣了，總共來了三輛小轎車和兩輛麵包車。

「哥，你冷嗎？」柳大河忽然問了一句。

柳大海啐道：「放屁，誰說我冷了？」

「不冷你發什麼抖？」柳大河問道。

柳大海這是緊張所致，他即將迎來這輩子最光榮的時刻，怎能不緊張！以前，只有他去鎮裏接受領導的批評，從來沒想過領導會主動要求前來柳林莊參加奠基典禮。同樣，他現在覺得自己的地位超然了，至少在全鎮十幾個村裏，他是當紅的村支書。因為鎮裏的領導對他客氣了，見了面會掏煙給他抽。他預感到柳林莊可能要火，報社和電視台都派人來了，柳林莊至少會在全縣火起來，他作為柳林莊的村支書，臉上倍感有光，說不定能成為懷城縣第一村支書呢。

柳大海想著想著就興奮了起來，與此同時，也打心底的覺得緊張。成敗在此一舉，今天的奠基典禮，他一定要把辦好！

兩輛黑色的破舊桑塔一前一後的開著，中間是一輛八成新的帕薩特。

「咦，中間那輛是誰的車？」柳大海嘀咕了一句。

「大海叔，可能來了大領導了。」林東低聲道。

「啊？你怎麼知道？」柳大海手心裏直冒冷汗，臉上的神情也愈發的顯得激動。

林東笑道：「這還不簡單，你看那輛車，前後是咱們鎮一二把手的車，這是給中間那輛帕薩特保駕護航呢。」

柳大海恍然大悟，隨即心往下一沉，如果來了大領導，而迎接的只有他們這三個人，恐怕大領導會覺得怠慢，那可是非常影響他的仕途的。

「大河，快，趕快去把人都叫過來歡迎！」柳大海臨危不亂，沉著指揮。

「來不及了！等大河叔把人叫過來，他們早就到咱這兒了。」林東道。

柳大海一想的確是這樣，又對柳大河說道：「大河，去告訴大夥兒，就說來大領導了，待會到了河邊，大夥兒都精神點，熱情點。」

柳大河道：「哥，我去了誰給你推車啊？」

柳大海這才意識到這個嚴重的問題，沒了柳大河，難道讓他拄著拐杖往河邊去？

「算了，你就待這兒吧。」柳大海歎道。

柳大河嘿嘿笑了笑，這裏就他們三個人，其中一個就是他自己，這讓柳大河覺得很有面子。柳林莊千百號人，有資格的就他們三個，以後又有了吹牛的資本了。

車隊最前面的那輛桑塔納在路口前五米處停了下來，後面的車跟著都停住了。大廟子鎮鎮黨委書記劉洪坤下了車，沒有直接朝林東走來，而是跑著到後面那輛車旁邊，拉開了車後排右邊的車門。

「嚴書記，到地方了。」

車裏下來一個人高馬大的中年婦女，嚴慶楠穿著藍色的呢子外套，黑色的西褲，衣著十分簡單，一臉的笑容。

「唉呀媽呀，那不是經常在新聞裏看到的嚴書記嗎？」柳大河驚聲道，「哥，嚴書記來了，我不是花了眼吧？」

柳大海自然也看到了嚴慶楠，拄著拐杖費力的朝嚴慶楠走去。

顧小雨從車的另一邊下了車，朝林東看去，面帶微笑點了點頭。

林東走上前去，嚴慶楠在劉洪坤和馬開山的陪同下朝林東走來。

「嚴書記，歡迎來到柳林莊！」林東笑著上前說道。

柳大海不甘落後，有一肚子話想說，到了嘴邊卻什麼都說不出來，只喊了一聲「嚴書記」，喉嚨就哽住了，老淚嘩嘩的往下流。

嚴慶楠和林東握了握手，轉而把目光投到柳大海身上，瞧見他拄著拐杖，關切的問道：「老大哥，你這是怎麼了啊？」

柳大海已激動的說不出話來了，能與縣裏一把手如此近距離面對面的交流，是他想都不敢想的事情。

林東介紹道：「嚴書記，這是我們村的村支書柳大海，是我叔。他這腿是因為晚上在河邊看守建材因為夜黑摔傷的。」

林東沒有說柳大海是因為撒尿而掉河裏去的，這也是為了照顧到柳大海的面子，因為他知道柳大海是個把面子看得比天還大的人。

柳大海感激的看了林東兩眼，林東這話可是讓他在鎮裏和縣裏的領導面前增色不少。

「哦，原來是柳書記。」嚴慶楠主動和柳大海握了手，「你因為村裏的事情而負傷，我要表揚你呢。」

「為人民服務，受點傷那是常有的事，不算什麼，勞嚴書記掛心了。」柳大海激動的心情平復了些，總算是可以說一句完整的話了。

劉洪坤和馬開山紛紛和林東握了握手，林東在他們眼裏，那就是一座金礦，這兩人心裏都在憋著想讓林東投資建廠呢，所以對林東格外的熱情。

「嚴書記、各位領導，我看要不咱們就去河邊吧？」柳大海笑道。

嚴慶楠點點頭，「離這裏不遠吧，那咱們就步行過去。這鄉下的空氣真是新鮮啊，正好可以看一看鄉村風光。」

「好，我在前頭帶路。」

柳大海一時激動忘了左腿的傷，一腳踩到地上，疼得他齜牙咧嘴直冒冷汗。

「哥，還是坐獨輪車上吧。」柳大河說道。

柳大海想逞強卻沒那勇氣，點了點頭，讓柳大河扶他上車。

「哎，柳書記，你要不坐我的車上吧。」

嚴慶楠瞧見柳大海坐在獨輪車上，後面柳大河推著，感覺十分彆扭。

「那不行，咱們鄉下人身上灰多，怕弄髒了您的車。嚴書記，我坐這就挺好，讓你見笑了，沒事。」柳大海哈哈笑道，心裏美滋滋的。

顧小雨一直扮演一個秘書的角色，一直走在嚴慶楠的身後，從頭至尾都還沒能跟林東說上一句話。

很快一行人就來到了雙妖河畔，村民們見到了走在中間的高個子女人，都覺得眼熟。也不知是誰喊了一聲「嚴書記」，眾人就都跟著叫了起來。嚴慶楠的到來，出乎所有村民的意料，因而也受到了最熱烈的歡迎。相比之下，劉洪坤和馬開山就顯得毫無光彩了，所有人都像是沒看到他倆似的。

到了河畔，柳大海就立馬下了車，他害怕有不長眼的今天跑出來到嚴慶楠跟前告狀，所以兩隻眼睛緊緊的盯著眼前的村民，努力尋找有異動者。

嚴慶楠雖是個女人，但長得人高馬大，身高一米七五上下，非常魁梧，所以自有一股不怒自威的氣勢。按照古話，她作為懷城縣的一把手，就是一縣之父母官，有些年紀大的村民見到了她，紛紛走了過來，拜見這個父母官。

嚴慶楠一一問候村裏的老者，與他們談心交流，這時竟看不出一點官架子。

看到嚴慶楠和村民們在一塊交流，緊張的不只是柳大海，劉洪坤和馬開山一樣緊張。若是讓嚴慶楠從村民們嘴裏聽到什麼不好的話，他們可都逃不掉的。

嚴慶楠仔細詢問村裏老者生活的狀況，低保有沒有按時拿到，鎮裏有沒有定期舉行義診，莊稼的收成怎麼樣等等問題。

顧小雨瞧見了空隙，靠近林東，用胳膊輕輕碰了他一下。

「老班長，有何吩咐？」林東笑道。

顧小雨道：「早跟你說了，不要叫我老班長，叫我小雨！」

林東呵呵笑了笑。

「林東，今天這場面可以吧？嚴書記都來了，你看你面子多大啊！」顧小雨笑道。

林東點點頭，「還得多謝你在後面為我使勁。」

「這你可真的冤枉我了，嚴書記對你的確很關心，從來都是她主動問我你的情況。這次也是，得知你回來了，臨時推掉了一個重要會議，抽出一天的時間趕過來。」顧小雨並不是吹噓，嚴慶楠的確是很看重林東，不是看重林東有錢，而是看重他身上那種報效家鄉的志氣！

報社和電視台的記者們都來了，柳大海忙碌了起來，忙著招呼他們。他指揮著幾個近親，開始把村裏的土產搬運到記者們的車上，還一圈又一圈的給人散煙。

今天這場面比他預想到的大太多了，尤其是嚴慶楠的出現，帶給他無與倫比的震駭與驚訝，實在是令他臉上長光！

與村裏的老者聊完之後，嚴慶楠主動要求要見林東的父母。

柳大海找了半天，踩在角落裏找到了林家二老。

嚴慶楠一上來就抓住了林母的雙手，「我得感謝你們二位啊，你們生了個好兒子，我代表全縣人民感謝你們。」

林家二老從來沒見過那麼大的官，激動的都不知道說什麼是好。老倆口子只是呵呵直笑。

林母嘴皮子要俐落些，說道：「嚴書記客氣了，我們家東子不過是為村裏做了點小事，不值得您這麼誇他。」

嚴慶楠歎道：「大姐，林東可不僅僅只為了你們村捐錢造了座橋，他為全縣做了一件大事呢！」

林家二老一臉茫然，像是沒聽懂似的。

柳大海把林洪寬引見給了嚴慶楠，「嚴書記，這位是咱們村的老太公，輩分最長，今天代我主持奠基典禮。」

嚴慶楠看了一眼林洪寬，握著他的手說道：「老人家身子骨很好啊。」

林洪寬呵呵笑道：「是啊，咱們柳林莊山清水秀，我捨不得早死呢。」

「太公，大吉大利的日子，說什麼死不死的啊！」柳大海面露不悅之色。

林洪寬連看都沒看他一眼。柳大海也不敢多說什麼，他清楚林洪寬的脾氣，弄不好可是要被他當場罵的。

「吉時已到，嚴書記，要不咱們就開始吧？」柳大海恭敬的問道。

嚴慶楠一點頭。「好啊。」

面對著老橋，縣裏鎮裏的領導站了一排，柳大海一揮手，柳大河點燃了爆竹，一時間劈哩啪啦震天的響聲震得所有人耳膜發麻，聲音傳開了好遠，把鄰村的閒人都招過來了。

林洪寬主持奠基典禮，他含著淚花向村民們講述了老橋的歷史，其中穿插了一些人和一些事，惹得不少年長的村民都掉了眼淚，為喜慶的奠基典禮增添了幾分沉重的氣氛。

報社和電視台的記者們忙著採訪村民，拍了許多照片。在林東的請求之下，為村民們和老橋合了一張影。林東告訴所有村民，這張照片將會洗出來，送給每家一張。

剪紅綢子的時候，由林東和嚴慶楠一起。但林東推辭不肯，最後由柳大海代替他剪了紅綢子。

農村的奠基典禮沒那麼多複雜的程序，林東和縣裏鎮裏的領導們一人挖了一鐵鍬土之後就算是奠過了。

接下來的環節卻是不能含糊的，村民們十分迷信，所以村裏每家動工建房子的時候都會宰殺牲口祭天祭神。造橋對柳林莊而言是大事情，所以柳大海一早就有準備，在老橋前的河畔上擺了一張八仙桌，上面擺滿了供奉，有牲畜、瓜果和點心。

八仙桌的最外面擺了兩個大大的燭台，上面手臂粗的紅蠟燭正在燃燒。按理說也奇怪，早上還是霧濛濛的，剛才爆竹放完之後，天忽然放晴了，太陽一出來，馬上就把天地間的濃霧給驅走了。

燭台中間是個香壇，桌上已經放了不少香燭。

入鄉隨俗，嚴慶楠雖然是個無神論者，卻帶頭敬了香。自她往後，鎮裏縣裏的來人都依次上了香。

祭拜完之後，那一桌子的東西自然是不能浪費的，按照村裏的習俗，儀式結束之後，那些東西就可以拿下來吃了。村裏的小孩子們早就在等那一刻了，儀式剛結束就一窩蜂似的衝了上去，搶奪自己中意的食物。

時至中午，村民們漸漸都散去了。

「各位領導，家裏略備了些酒菜，都是本地的土菜，這都中午了，領導們就吃完了再走吧。」柳大海說道，心裏非常的緊張，如果嚴慶楠等人沒給他面子，那麼就說明他今天並沒能給他們留下好印象。

嚴慶楠朝林東看了一眼，「好啊，那就多謝柳書記了。」

柳大海一顆懸著的心放進了肚子裏，而他卻是不知嚴慶楠之所以會留下來，完全是看在林東的面子上。

回村的時候，柳大海依舊是坐在獨輪車上。他今天的心情大好，見了縣委書記，還和縣委書記握了手，並且請縣委書記在家裏吃了頓飯，這哪一件挑出來都夠他神氣的了。

顧小雨跟嚴慶楠請了假，說要和林東在河畔上走一走。

嚴慶楠知道他們是老同學，而且覺得這兩人挺般配，打心眼裏希望顧小雨能和林東發展發展。當然她也是有私心的，如果林東和顧小雨結了婚，那麼懷城縣在他心裏的地位就更加重了。那樣一來，不怕林東不在懷城縣投資。

等到所有人都散去之後，雙妖河又迅速恢復了往日的平靜，只有地上的爆竹紙皮和空氣中的硫磺味還能證明這裏剛才熱鬧過。

第八章

落花有意，流水無情

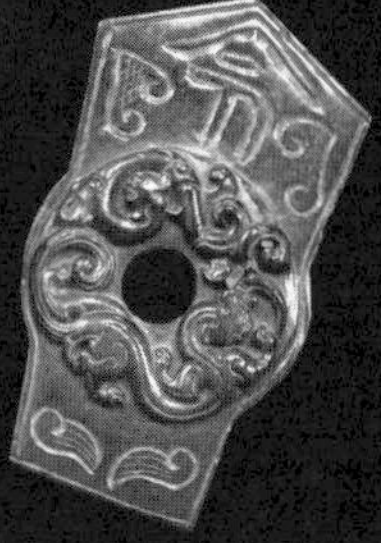

顧小雨是個心氣高的女孩，在懷城縣這個小地方，實在是沒她看得上眼的男人。

而林東上次聚會上的表現，完全顛覆了她心底對林東原先的看法。

她原先認為林東不過是個學習刻苦的男生，沒別的優點。

當上次在聚會上遇到之後，林東沉穩內斂的表現，一下子印在了她的腦海裏。

雙妖河恢復了寧靜，人群散盡之後，林東和顧小雨繞著河畔漫步而行。

二人似乎都沒有率先開口說話的打算，繞著河走了大半圈，卻無人開口。

四月的鄉下，仍是一個過渡的季節，可說是正處於冬春之間。河畔上仍四處可見枯萎了一冬的雜草，而枯草之中，分明可見那如零星散於夜空之中的斑斑點點，有綠色的嫩芽，也有白色的小花。

「嗯……」

顧小雨輕聲歎了一聲，「這裏真美麗。」

林東笑道：「是啊，在城市裏待得久了，特別懷念小的時候。那個時候，我們幾個小夥伴背著書包，放學和上學的路上，好好的大路不走，偏偏就喜歡往小溝小河裏走。夥伴們會為了發現一株桃樹苗而興奮，也會為了爭奪一顆『酸溜草』而紅臉……想起那個時候，真是快樂無窮啊，而工作了之後，人似乎都麻木了，很少會有感到快樂的時候。」

顧小雨看著林東的側臉，正午的陽光照在他的臉上，林東微眯著眼，那模樣讓她有一種非常深沉的感覺。

「不是你麻木了，而是咱們對快樂的定義不一樣了，要求高了，自然快樂就少了。最重要的是，童年時代的純真消失了。」

對於林東剛才的那番話，顧小雨也深有感觸。

林東微微一笑。「小雨，你說的太對了。心態變了，看來我已經老了啊。」

顧小雨掩嘴一笑，「林東，看不出來你還挺多愁善感的。」

林東搖頭笑了笑。

「咱們同學之中就你現在最有出息，你知道嗎？上次班級聚會之後，許多女同學知道你發達了，都跑過來問我要你的手機號碼呢。她們還托我問問你，到底有沒有對象？」

顧小雨是個心氣高的女孩，在懷城縣這個小地方，實在是沒她看得上眼的男人。而林東上次聚會上的表現。完全顛覆了她心底對林東原先的看法。她原先認為林東不過是個學習刻苦的男生，沒別的優點。當上次在聚會上遇到之後，林東沉穩內斂的表現，一下子印在了她的腦海裏。

這幾月以來，她更是借度假村之名頻頻與林東聯繫，其實都是芳心作祟，想要迫切的瞭解林東，而林東始終對她遊離不定，若即若離，這令她有種油澆火的感覺。心癢難忍，偏偏又撓不到。

上次聚會之後，的確是有許多未婚的女同學向她打聽林東的狀況，顧小雨也明白那些同學的心思，不屑之餘。又悵歎不已，她又何曾不是與她們有共同的想法呢。所以剛才的那番話，顧小雨明裏是替那些向她打聽林東狀況的女同學們問的，實則也是替自己問的。

「我在蘇城有了對象了。」

林東早知道顧小雨對他的心思，拋開其他而言，顧小雨的確是個非常優秀的女人。精明能幹，但卻不對林東的胃口。對這種女人，可以與之做朋友，卻絕對不會發展為女朋友。

顧小雨一顆芳心一下子涼透了，表情僵在了臉上，好一會兒才回過神來。

「這裏風大，我有點冷了。」

知道林東有了女朋友，顧小雨一下子失去了和林東逛下去的心思。

林東會意，說道：「那我們就回去吧，時間不早了，我想應該也快開飯了。」

顧小雨已從林東老同學的身分轉變了過來，這一秒的她是縣委書記的秘書，臉上的表情很冷峻，讓人看一眼就能看到徹骨的寒意。從大學開始，從來只有男生像狗一樣追著她不放，這個被寵慣了的女人，心高氣傲，猛地被林東一番冷落，心裏不禁生出了暗火，從臉上就能看出她的惱怒來。

回去的時候，顧小雨似乎有意與林東疏遠距離，一直走在林東前面一兩米，一聲不吭，埋頭往村裏走。

走到堆放建材的地方，林東瞧見林父正坐在老橋邊上抽著旱煙。

顧小雨知道這個精神矍鑠、沉默寡言的老頭是林東的父親，臉上綻開了笑容，過去與林父打了招呼，並熱情的聊了幾句。

「爸，你吃過了沒？」林東過來問道。

林父道：「還沒，你媽待會做好了飯會送來。」

「為什麼不回家去吃？」顧小雨問了一句。

林父指著堆積如山的建材笑道：「顧秘書，這些東西沒人看著不行。」說完，朝林東說道：「你快帶顧秘書去大海家吧，這裏風大。」

「伯父，我和林東是高中同學，你叫我小顧就好了。」

林父笑道：「聽東子說過，你幫了他不少忙，我代東子謝謝你。」

「伯父，林東現在是嚴書記的貴賓呢，是他幫了我忙才是。伯父，有機會我一定登門拜訪您，我現在得回嚴書記身邊去了。」顧小雨伸出手和林父握了握手，看上去頗有一副當官的樣子。

林東帶著她進了村，鎮裏和縣裏來的幾輛車都停在村頭，此時已是正午，村裏多數人家都已做好了飯。他們進村之後，不少村民都端著飯碗走到了外面，不少人還低聲議論著，說這女娃不錯，和東子挺般配。

在眾人的注目禮之下，若是平時，顧小雨一定會熱情的和村民們打招呼，以彰顯她親民的作風。而今天她肚子裏正生著氣，所以一路上一句話都沒說，一直面無表情，直到走到柳大海家門口，她的臉上才又浮現出了笑容，只不過這笑容顯得太過做作，太過職業。

她慢下了腳步，等林東跟上來，這才與他一起進了院門。

「林東，雙妖河長滿野花的時候一定很好看，只可惜我來的不是時候。」顧小雨又說又笑，落在旁人眼裏，絕對瞧不出她剛才生了一路的悶氣。

柳大海瞧見他倆進門，趕忙拄著拐杖走過來。

「顧秘書，快請進，請進。」

柳大海滿臉堆笑，臉上的皺紋都擠到了一塊兒。

林東瞄了一眼柳大海家的院子，收拾得乾乾淨淨，所有東西都擺放有序，他還是第一次覺得柳大海家的院子那麼乾淨。

柳大海只顧招呼顧小雨，倒是忘了林東，卻不知今天他能有那麼大的臉面，靠的不是別人，正是林東！林東也不生氣，柳大海家他以前常來，一個村裏的，而且柳大海又是柳枝兒的親爹，根本無需對他客氣。

孫桂芳和她的兩個妯娌在院子東邊的廚房裏忙碌著，誘人的菜香飄滿了整個院子。林東朝廚房裏看了一眼，柳根子這個小頑皮正掛著哈喇子在廚房裏四處轉悠，看到有做好的菜就伸手捏點出來，飛速的扔進嘴裏。

到了堂屋，屋裏正中間擺了一張八仙桌，劉洪坤、馬開山和為嚴慶楠開車的司機老吳都坐在桌子旁，正陪著嚴慶楠打牌。

柳大海把林東叫到了門外，他拄著拐杖，一隻腿不能落地，倒也沒怎麼影響他的速度。

「咱家太小，報社和電視台的都去鎮上了，我準備了些咱們這兒的土產送給了他們，讓大河帶著他們去館子裏吃。東子，你叔這樣的安排可以嗎？」

林東不覺得有什麼可不可以，點了點頭。

柳大海朝屋裏努了努嘴，「真不送點？」

「大海叔，你看著辦吧，我的建議是不要刻意買禮品送，如果給點土產，我沒意見。」林東道。

柳大海點點頭，「明白了，那就送點土產吧。人家領導來一趟，總不能讓人空手回去。」

午飯吃到下午兩點才結束，林東和柳大海一起送走了嚴慶楠一行人。顧小雨臨上車前，回頭朝林東看了一眼，眼神中似有無盡的哀怨。柳大海都看出來顧小雨對林東有點意思，等到車走後，低聲對林東說道：「東子，顧秘書這女娃不錯，但就是太精明。」

林東微微一愣，他沒想到柳大海居然有這等看人的眼力，說了一句，「大海叔，你不必擔心。」

柳大海拄著拐杖一瘸一拐的往家裏走去，過不久，柳大河騎著摩托車從鎮上回來了，臉紅得跟猴屁股似的，一看就是喝了不少酒。他今天也很高興，他哥把招待城裏記者的重任交給他，所以中午吃飯的時候是豁出命陪記者們喝酒。

林東在村頭站了一會兒，沒有回家，而是朝著雙妖河走去。

還沒到河邊，他就聽到了熱火朝天的吆喝聲。到了一看，十幾名工人正在拆老橋。這些人當中就有他的父親，剩下的許多人林東也全都認識，全部都是林父的老工友，都是他的叔叔輩。

林東走了過來，給他們每人散了一支煙，和眾人一一打了招呼。眾人忙著幹活，一個個都把煙夾在耳朵上，見了林東，他們都很高興。這孩子是他們從小看著長大的，能有今天這樣大的出息，他們都為林家老倆口子高興。

「哎呀，還是老林哥有福氣啊，東子掙大錢了，以後就等著享福嘍。」

林父拿著大錘正在敲橋墩，聞言笑道：「享什麼福？還不是和你們一樣掄大錘！」

「老林哥，我看著大錘你是掄不了多久了。你家東子出息了，你要是還這樣幹苦力掙錢，恐怕有人要說東子不孝順了。」其中一名工友說道。

林父笑道：「這是兩碼事，我是個閒不住的人，趁著還有兩膀子力氣，能幹多久幹多久，等真的老了再讓他養活吧。」

林東聽了心裏驀地一酸，他的父母是全中國最勤勞的勞動者，在他們心裏不勞動就是犯罪。即便是他現在大富大貴了，其實老倆口子也沒能享到什麼福。父母都老了，如果真的到了生病倒下的那一天。他不知道是否可以承受那樣的打擊。

林父抬頭瞧見兒子站在河壩上發呆，叫道：「你站那幹啥，這沒你的事情，回家去吧。」

林東轉身就朝村子走去，走到柳大海家門口，見孫桂芳端著塑膠盆走了出來，離著老遠就聞到了一股刺鼻的酒味，其中還夾雜著酸臭的氣味。

孫桂芳看到林東，歎了口氣，「你大海叔吐了。唉，老太公讓他不要喝酒，可還是喝了那麼多。」

中午吃飯時，柳大海著實喝了不少酒，估計得有一斤，已經過了他的酒量。

「東子，你啥時候回城裏？」孫桂芳問道。

林東道：「應該這兩天就回去，嬸子，有事嗎？」

孫桂芳道：「是啊，想托你帶點東西給枝兒。」

林東笑道：「那好，你把東西準備好，回去的時候我去你家拿。」

孫桂芳點點頭，回家照顧柳大海去了。

林東走到家裏，林母又去撿柴禾去了。他在門口等了一會兒，林母才抱著一大捆柴禾回來。

「媽，給家裏買個煤氣灶吧，這樣就省得你去溝裏撿柴禾了。」林東心疼母親，他家現在的情況，不買煤氣灶實在有些說不過去，村裏有些人家都已買了。

林母搖了搖頭，「買那玩意幹什麼？燒菜做飯都不香，況且家裏還有牲口，燙豬食總不能用煤氣灶燒水吧。」

「怎麼不能？還養豬幹啥？想吃豬肉就花錢買唄。」有時候林東實在是想不明白父母為什麼還要那麼省。

林母道：「勤儉持家，這是老祖宗說的話。東子，你現在是有錢了，可不能亂花錢。如果花在正處上，花多少錢娘都不反對，但如果你花在歪處上，我知道了絕饒不了你。你瞧瞧現在多少有錢人被抓了，跟你說吧，你沒錢的時候我和你爸盼著你有錢，等你有錢了，我和你爸又日夜替你擔心。唉……」

林東一怔，半晌才說出話來，「媽，我向你保證，錢絕對都用在正道上！」

「為富莫忘行善，會有好報的。」林母說完又離開了家，繼續去拾柴禾去了。

「為富莫忘行善……」

林東在嘴裏念叨了幾下，覺得母親說的話非常有道理。他不能賺昧心的錢，要賺能讓他安穩睡覺的錢，同時也不能麻木不仁，要盡能力幫助需要幫助的人。

躺在床上，不知不覺就睡著了。等到睜眼醒來，外面的天色已近暗了下來。

想起晚上要和特別行動小組的人一起吃飯，趕忙從床上爬了起來。

林母在隔壁廚房裏聽到了動靜，她正在灶台後面燒飯，問道：「東子，晚上想吃啥？」

林東提著褲子走出來，「媽，我不在家吃了，得立馬去鎮上，我走了啊。」

林母不問兒子去幹什麼，只是叮囑他一句，「天黑開車小心點。」

邱維佳進了和林東約定好的包廂之後，發現他根本插不進嘴。

特別行動小組的七個人正在七嘴八舌的向林東彙報工作情況，裏面有許多專業的名詞是他聽也未聽說過的。而他的兄弟林東坐在中間，一直面帶微笑的點頭，好像是什麼都聽得懂，至少看上去是這麼回事。

在這一瞬間，邱維佳才感覺到林東現在是真的不一樣了，有領導的模樣了。

特別行動小組在大廟子鎮已經快一個月了，這期間他們採取先粗後細的方針，先是對大廟子鎮進行一番大概的瞭解。整體梳理一遍，然後找出重點，開始細細分工，細細考察。小組中的成員都是所在行業中的精英，在不到一個月的時間內已經做出了很大的成績，他們已經初步把大廟子鎮的選址定了下來，離柳林莊不遠，就在雙妖河上游。

霍丹君說會儘快彙集眾人考察得來的資料，然後匯總成一篇報告交給林東。

過了半個小時，菜總算是上來了。這家飯店別的不多，唯獨野味不少。霍丹君等人都是城裏人，雞鴨魚肉都吃膩了，但野味就不一樣了，個個都很喜歡。眾人的肚子也實在餓極了，個個都埋頭吃菜。餓了吃什麼都香，一個個把李老闆的手藝誇上了天。

把霍丹君一行人送回招待所，林東又開車把邱維佳送回家裏。太晚了，邱維佳就沒請他到屋裏坐坐，林東開車就走了。

路過鎮東頭羅恒良家門口的時候，看到他屋裏的燈還亮著，心想應該進去看看他，於是就停車熄火，下車朝羅恒良家走去。

抬手敲了敲門，裏面傳來羅恒良咳嗽的聲音，「誰啊？」

林東站在門外，「乾爹，是我。」

羅恒良正在批改作業，聽到是林東的聲音，趕忙過來為林東開了門。

「東子，屋裏坐。」羅恒良屋裏生了火盆，林東覺得有點熱，再看羅恒良，身上的衣服還跟冬天時候一樣，臉色比過年時候更加蒼白了。「乾爹，我剛才聽見你又咳嗽了，年後去醫院檢查了沒？」

羅恒良記得林東曾勸他去醫院做個詳細檢查，當時他的確答應了，而後來開學之後事情忙，所以就忘了，搖頭一笑，「不打緊的，醫院我有時間會去的。」

林東看著羅恒良桌子上堆積的厚厚兩疊作業本，都這個時間了，這位老教師還在批改作業，心裏陡然一酸。

「乾爹，明天是週日，你沒課吧，我帶你和我爸媽去城裏大醫院檢查身體。」

羅恒良立馬擺手，「乾爹知道你事情忙，我的身體你就別操心了，我自個兒去鎮上的衛生院做個檢查就行了。」

林東執意不肯，說明天一早就來接他，並告訴羅恒良不要吃早飯，全身體檢前是不能吃早飯的。羅恒良無法，只得依了他，這雖不是他親生的兒子，卻比親兒子還孝順，讓他感到心窩子裏熱乎乎的。

「乾爹，你早點休息吧，不早了，我走了啊，別送我。」林東從羅恒良家裏出來，朝他的車子走去，見車旁似乎有個黑影，天太黑，他沒法看清楚。

隔天開車到了羅恒良的家門前，林家一家三口都下了車。羅恒良家的門是開著的，他聽到了門外的剎車聲就從房裏走了出來，熱情的迎了過來。

「都進屋裏坐坐，喝口水再走。」轉而問林東，「東子，這體檢前喝水沒問題吧？」

林東點點頭，「白開水沒問題。」

羅恒良給他們倒了水，林父和羅恒良是老交情，見了面就說個不停。

「老頭子，待會再聊吧，讓羅老師先把衣服換了。」

林父一拍大腿，「哎呀，一聊起來就忘了時間了。老羅，你去換衣服吧。」

羅恒良進了房裏，很快就換了一身衣服走了出來。上身穿了一身灰色的中山裝，這是他當年結婚的時候買的，而現在就顯得太大了，鬆鬆垮垮的壓在身上。腳上的皮鞋擦得發亮，光可鑒人，帶著眼鏡，頗有些學者氣質。

「老羅，你可是瘦了不少啊！」林父歎道。

羅恒良倒是挺樂觀，哈哈一笑，「瘦了好啊，現在不正流行全民減肥嘛。呵呵……咳咳……」羅恒良忽然咳了起來，這一咳就是好一會兒，咳得臉都紅了，林母倒了杯水給他，喝下去才好了些。

「沒事沒事，咱走吧。」羅恒良撫著胸口說道。

上車之後，林東往前開了不遠，瞧見王東來推著三輪車正往街上去。

羅恒良瞧見林東一直望著王東來，說道：「東來最近好多了，學了一門手藝，在鎮上給人修鞋。人也變得有禮貌多了，見面都會主動打招呼問好。」

林東沒說話，放緩了車速，放下了車窗，按了一下喇叭，王東來聽見了聲音，回頭一望，看見了車窗外林東的手，笑著朝林東揮了揮手。

出了鎮子就上了大路，林東的車速漸漸加快了。林母有點暈車，閉上眼睛休息。林父和羅恒良則一個勁的聊天，天南地北到處扯。林東專心開車，一個多小時之後，他們就出現在了縣第一人民醫院的門口。

第九章 強烈的求生意志

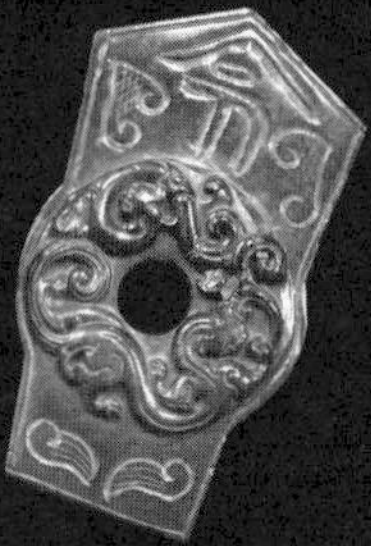

林東從他眼裏看到了強烈的求生意志，握住羅恒良的手說道：

「乾爹，只要你不放棄，病魔決不能帶走你的生命。課題的事情先放在一邊，現在你要做的就是吃好睡好，以積極樂觀的心態面對病魔，配合醫生的治療。萬事你不要煩心，一切有我呢。」

真是不進醫院不知道生病的有多少人，林東開車進去之後，好不容易才在停車場找到了個位置。帶著父母和羅恒良來到掛號的大廳，放眼望去，每個窗口前都排成了長龍，每個窗口前面少說也有一百多人。林東讓父母在牆邊的椅子上坐下來休息，他一個人去排隊，排了十來分鐘，隊伍才往前走了一步，照這樣的速度下去，排到中午也輪不到他。

「這得等到什麼時候啊！」

林東嘀咕一句，猛然想起了顧小雨來，如果給她打個電話請她幫忙，應該可以省掉排隊掛號這個環節。不過他轉念一想，昨天剛在雙妖河畔拒絕了她的情意，還是不要找她的好，於是又想到了邱維佳，這傢伙在懷城縣十分吃得開，認識的人要比他多很多，不知道能否幫得上忙。

林東抱著試試看的態度，立馬給邱維佳打了個電話，接通之後直奔主題的問道：「維佳，我現在在縣醫院，這地方你有認識的人嗎？」

邱維佳聞言笑道：「出啥事了？不會是把誰家姑娘的肚子給搞大了吧？」

「滾犢子！」林東笑罵道：「瞎扯什麼，我帶我爸媽過來體檢的，掛號的隊伍太長了，想找個熟人看看能不能不排隊。」

邱維佳弄明白了他的意思，笑道：「你別急，讓我想想……哦。有了，以前咱班上的馬玲華你記得嗎？就是咱們都叫她『馬鈴薯』的女同學。」

林東微微有點印象，「記得。好多年沒見了，上次同學聚會她好像也沒去。」

邱維佳笑道：「馬玲華嫁給了醫院院長的兒子，我想她應該可以幫到你。我把她的手機發給你，你自個兒聯繫她吧。」

掛了電話，林東就收到了邱維佳發來的簡訊，馬上按照簡訊上的號碼撥了過去，電話響了好一會兒才接通。

「喂，哪位啊？」電話裏傳來馬玲華不耐煩的聲音。

林東先攀起了交情，「老同學，我是林東啊，有印象嗎？」

「林東是誰？沒印象。」說完「啪」的一聲掛了電話。

林東一愣，他還從沒吃過這種癟，頓時心裏生了一股暗火，轉念一想，看來只能找顧小雨幫忙了。正準備給顧小雨打電話的時候，忽然手機響了，一看號碼，分明就是剛才他撥的馬玲華的號碼。

「喂，是林東嗎？哎呀老同學，不好意思啊，我剛才太忙了，一時沒想起你。怎麼樣，你現在過得還好嗎？」馬玲華電話裏的聲音無比熱情，與剛才的冷漠判若兩人。

「搞什麼名堂？」林東心裏暗道，嘴上卻哈哈笑道：「馬鈴薯，我還真的以為你把我給忘了，心裏正難受著呢。我現在就在你們醫院這邊掛號排隊呢，想找你幫個忙啊。」

林東還沒開口說幫什麼忙，就被馬玲華打斷了。

「好，我馬上過去找你，見面再聊。」

馬玲華「啪」的一聲掛斷了電話，拿著手機風風火火的出了辦公室。上次同學聚會她雖然沒去，因為年底的時候醫院特別忙，她的部門也要應付各種檢查，所以沒抽出時間。後來與幾個同學聊天，所有人都跟她提了林東，說林東現在如何的了不得，簡直不敢相信是以前的那個窮小子。當時她聽了就有些後悔沒去，因為在高中的時候，她曾偷偷暗戀過林東，對林東三兩下就解決數學難題的本事非常欽佩。

快步跑到掛號大廳，馬玲華四處張望了一下，很快就鎖定了目標，朝林東走去。

「嗨！」馬玲華走到林東面前，笑著打聲招呼。

若不是馬玲華眉間的一顆暗紅色的痣，林東絕不會認出這就是他的老同學。

「馬鈴薯，這是你嗎？怎麼變那麼漂亮了！」

眼前的馬玲華再也不是那個上課吸著鼻涕的胖妞了，身材婀娜苗條，膚色白淨細嫩，杏眼桃腮，那錐子型的下巴怎麼也無法讓人想到她高中時候的那張圓臉。

林東嘖嘖讚歎，「女大十八變，哎呀，這變化也太大了吧，我都不敢認了。」

馬玲華搖頭笑了笑，「林東，不瞞你說，我這臉上動過幾刀。但我這身材可的的確確是我減肥減出來的。前幾年我為了減肥，每天只吃一個番茄，要不然哪來今天的效果。」

林東對馬玲華豎起了大拇指，「有毅力，了不起。」

馬玲華笑道：「說吧，去哪個科室看病，我直接帶你過去。」她看到林東在這裏排隊就知道林東找她的原因了。

林東指了指坐在牆邊上的父母和羅恒良，笑道：「不是看病。那邊是我的父母和我乾爹，我帶他們來體檢。」

馬玲華哈哈一笑，「我當是什麼事呢，我帶你們直接去體檢科。」

果然是朝中有人好做官，林東向馬玲華道了謝，帶著馬玲華到父母面前，說這是他的高中同學。現在在這家醫院上班。馬玲華也非常熱情的和三個長輩打了招呼，然後就帶著他們去了體檢科。

到了體檢科，她直接找到了科室的負責人。告訴他三位都是她的親戚，讓負責人安排儘快體檢。馬玲華是院長的兒媳婦，體檢科的負責人還愁沒機會巴結。逮著這好機會，朝林家二老及羅恒良看了一眼，問明要做那種檢查後，親自帶著三人去辦手續做檢查。

馬玲華道：「全身檢查要做很多個專案，他們一時半會兒還出不來，林東，有沒有興趣去我辦公室參觀參觀。」

林東點點頭，「好啊，那就請馬大美人前面帶路。」

馬玲華掩嘴笑了笑，帶著林東去了另一棟樓。

醫院後勤部的工作人員雖然不出診。拿不到病人家屬給的紅包，但卻是醫院油水最多的部門。馬玲華所在的部門是負責採購藥品的，可以說是肥中之肥的部門，油水十足。因為是院長兒媳婦的關係，馬玲華得以單獨擁有一間辦公室。

帶著林東進了辦公室之後。馬玲華就給林東泡了杯茶，問他要普洱、龍井還是碧螺春，說她這裏什麼都有。林東戲言說我正好什麼都缺，要不你每樣送我二兩得了，哪知馬玲華真的從櫃子裏拿了幾盒包裝精美的茶葉禮盒出來，讓林東隨意拿。

林東笑了笑，說是開玩笑的。

「林東，都聽同學們說你現在發大財了？什麼個情況，跟我講講唄。」馬玲華靠在鬆軟的椅子上，面帶微笑的說道。

林東簡單的把自己的情況介紹了一下，馬玲華的嘴巴張得越來越圓。

「乖乖，你的公司都上市啦！」

林東擺擺手，「其實跟我沒多大關係，我收購之前就上市了。」

馬玲華道：「你現在發達了，有沒有想過回家鄉搞點專案？我看看我們有沒有合作的機會，你吃肉，我有湯喝就成。」

林東訝聲問道：「馬鈴薯，你還做生意？」

馬玲華含笑點頭，「不是我做，是我男人做，搞物流配送和建材的。」

林東想了想，笑道：「那咱們可真有機會合作了。」

馬玲華一聽這話，往前挪了挪身子，喝了一口茶，等著林東往下說。

「你老公能給超市供貨嗎？」

馬玲華笑道：「怎麼不能？主要就是幹這個的。」

林東笑道：「我在大廟子鎮搞了一個超市，咱就定下來了，以後的貨都由你老公的公司配送。對了，我還有一個度假村專案在咱們當地考察，現在已經有了初步的計畫，工程會很大，聽說你先生還搞建材，我覺得這方面咱們合作合作應該有搞頭。」

馬玲華天生就是個做生意的料子，在學校的時候就八面玲瓏，和誰都聊得開。聽了林東這話，當即表態，給林東的超市送的東西都以成本價供給，因為她知道超市這一塊賺不了多少錢，建材那一塊才有大賺頭。丟芝麻撿西瓜，哪個合算她算得清。

「老同學，只要你先生建材的品質好，我一定採用。到時候我們可是要檢驗的，如果發現不合格，那這生意就做不成了。」林東先把醜話說在了前頭，省得到時出了問題尷尬。

馬玲華連連點頭，「你說的對，供給你的建材絕對都是好貨，拿次品給老同學，我還算是人嗎！價錢方面，我也絕對給你優惠，咱們講究的是長久合作。」

林東瞧見了馬玲華腕上的手錶，價值十幾萬，嘿嘿一笑，「馬鈴薯，看來你先生賺了不少錢啊，你這少奶奶的日子過得不錯嘛。」

馬玲華連連搖頭，「他啊，就那樣，如果不是有個做院長的親爹，根本就談不成生意。現在的局面，百分之七十都是我幫他打下來的。要是沒這本事，人家堂堂院長的公子會娶我這勞工的女兒？」

林東就知道馬玲華不簡單。「那你幹嘛還來上班？」

馬玲華道：「得給自己留條後路啊，省得哪天做生意賠個精光，連吃飯都成問題。這年頭人心太壞，爾虞我詐勾心鬥角，做生意的人尤其是這樣，必須都為自己找條後路。而且我這班上得也輕鬆，想來就來想不來就不來。反正只要老爺子還在院長的位置上待一天，我就舒舒服服等著拿工資。」

馬玲華若是個男人，林東一定會覺得她畏首畏尾，難成大事。但因為她是個女人，反而讓林東心生欽佩。能有長遠的打算，總歸是好的。

聊完了生意上的事情之後，二人就聊起了在學校裏的事情，接著聊起了同學們的現狀。馬玲華對顧小雨推崇備至，說顧小雨有出息，將來必然能做大官，再過十年做上懷城縣委書記也有可能。

聊了一個小時，林東就起身告辭了。

「我得趕緊回體檢科了，省得我爸媽他們好了找不到我。」

馬玲華：「走，我帶你過去。」

林東連說不要，馬玲華卻邁步走在了前面，他只好跟了過去。

到了體檢科，馬玲華打聽了一下，還有一兩個項目就做完了。二人等了一會兒，林家二老和羅恒良就走了出來。前台的護士告訴林東體檢報告要下午三點才能出來。

林東為了表示對馬玲華的感謝，邀請她一塊去吃午飯。馬玲華拒絕了，說是今天有事，若不然也不會來上班，等有機會她做東，請他吃飯。林東也沒和馬玲華多客氣，帶著父母和羅恒良就離開了醫院。

吃過了飯，林父聽說要到三點多才能拿體檢報告，就讓林東把他們送到汽車站，讓他們搭公車先回去。林東知道父親記掛著造橋的事情，也沒說什麼，開車把他們送到了汽車站，看著他們上了車，這才離開了汽車站。

離開汽車站之後，林東看了一下時間，離去醫院取報告的時間還有兩個小時，於是就開車在懷城縣坑窪不平的道路上緩緩而行。不知不覺之中，竟然開車到了縣中的門口。下車站在學校的門外抽了一支煙，本想進去看看，想想又覺得還是不要進去的好。

正當他準備離開的時候，身後忽然響起了一個中年婦女的聲音。

「先生……」

林東覺得這聲音似乎有些熟悉，轉身一看，竟是他高三時的外語楊老師。高一高二的時候，英語一直是林東的短腿科目，直到高三，在楊老師的悉心教導之下，林東才將英語的成績提了上去，林東心裏一直記掛著楊老師的恩情。

在這裏得見恩師，林東非常高興，興奮的說道：「楊老師，您還好嗎？」

楊老師推著自行車，含笑而立，穿著樸素的灰色外套，雖然褪色得厲害，卻洗得十分乾淨，「我還好，剛才看到你的側臉，覺得有些眼熟，你是叫林東吧？」

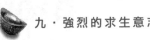

這麼多年過去了，楊老師帶過那麼多的學生，所以當她見到林東之時，只是覺得眼熟，卻不敢肯定是不是自己心裏想的那個人。

林東含笑點頭，「楊老師，我是林東。」

楊老師看到不遠處停著的豪車，指了指，「那車是你的？」

林東點了點頭。

楊老師臉上浮現出了更濃的笑意，「你這孩子看來是有出息了，你看吧，老師當時說的沒錯吧，不管是家境好壞，只要肯努力，一定能出人頭地。」

林東點頭笑道：「老師，您這是要上哪兒去？」

楊老師道：「我先生病了，正好今天的課都在上午，我現在回去照顧他。」

楊老師的先生周文泉也是縣中的老師，是教物理的，在高二的時候教過林東一年。所有科目之中，林東就屬物理學的最好，基本上每次考試都是滿分。因而受到了周文泉的關注，給了林東很多幫助。對這對夫婦。林東都是心存感激的。

「周老師病了？楊老師，那我得去看看。」

楊老師笑道：「行啊，文泉以前還老念叨你們那些好學生的，說畢業了都不回來看他了。」

周文泉的家林東是找得到的，但現在他兩手空空，總不能這樣就去恩師家裏，思來想去。決定還是先買點東西帶上，否則就顯得太沒有禮貌了，於是就對楊老師說道：「楊老師，您先回去，我去辦點事，很快就過去。」

楊老師點點頭，「我家你找得到嗎？就在教職工家屬樓。」

林東笑道：「我去過您家，放心吧，我記得。」

目送楊老師推著自行車走遠，林東就鑽進了車裏。開車直接去商場，買了幾大袋子的營養品，除此之外，他實在是不知該送什麼是好。從商場出來之後，林東立馬就驅車去了縣中的家屬樓，很快就到了那裏。

周文泉家在三樓，拎著東西站在門外，敲了敲門，很快楊老師就把門拉開了。

「林東，快請進。」

一進屋子，林東就聞到了一股濃烈的中藥味，心裏暗暗吃了一驚，都到吃中藥的地步了，看來周老師的病很嚴重啊。

「楊老師，這是給你們買來的營養品，一點心意，我放桌上了。」

楊老師的語氣略帶責備，「這孩子，你能來看我和文泉，我們都很開心，帶東西幹什麼！」

林東微微笑道：「周老師呢？」

楊老師推開書房的門，對裏面說道：「老周，林東看你來了。」

書房裏傳來急促的咳嗽聲，周文泉似乎想開口說話，卻因咳嗽而說不出話。

林東走進書房，一眼就瞧見了躺在小床上面容枯槁滿臉病容的周文泉，在他的記憶裏，周文泉身材微胖，而現在床上躺著的這個人，雙頰凹陷，雙眼佈滿血絲，與記憶中的周文泉判若兩人。

「周老師……」

林東想要說什麼，而喉頭卻被湧上來的酸楚哽住了，說不出話來。

周文泉見到林東，臉上浮現出一絲艱澀的笑容，指了指床邊的凳子，示意他坐下。

林東坐了下來，握住周文泉的手，這隻手已經瘦得只剩骨頭了，毫無肉感，握在手裏就像握住了幾根細細的樹枝。

「老師，您怎麼病成這樣了？」

周文泉費力的吸了口氣，緩緩說道：「肺上出問題了，咳咳……」

楊老師在後面說道：「是塵肺病，在講台上站了幾十年，吸的粉筆灰太多，加上你老師煙不離手，所以就成這樣了。」

塵肺病林東聽說過，患病者多半是採礦的工人，但從周文泉的情況來看，病情應該還不止這麼簡單。

他在床邊和周文泉聊了一會兒，周文泉呼吸困難，說話費力，所以大部分的時間都是林東在說話，他聽著。聽到林東的現狀，病痛中的周文泉臉上頻頻浮現出笑容。

聊了不到半個小時，周文泉似乎精力難以為繼，林東就讓他好好休息，離開了書房。站在客廳裏打量了一下這個家，感覺和自己六七年前來時一樣，所有的傢俱都沒變，只是舊了，可想而知這個家的日子現在有多麼難過。

楊老師在廚房裏給周文泉熬藥，林東走了進來。

「楊老師，周老師生病這幾年來，您一定很辛苦吧？」

這句話戳中了她的痛處，使她眼圈泛紅。

林東見楊老師好一會兒都沒說話，就知道這家的情況應該就是他所猜的那樣，心想周文泉夫婦對他有恩，現在應該是報恩的時候了，他別的做不了，只能在金錢上給他們點幫助，但仔細一想，周文泉夫婦都是要臉面的人，如果直接給他們錢，他們肯定會拒收。

腦筋轉了轉，林東就想到了個法子。

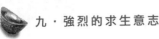

楊老師這些年心裏受了不少委屈，林東與她隨意閒聊，楊老師倒是漸漸進入了狀態，她也需要人傾訴，雖然這個人曾經是她的學生。剛開始的時候林東說得多，到了後來，他就徹底變成了一個傾聽者。從這次的交流之中，林東得知了很多事情，這才瞭解周文泉家現在的狀況有多差，遠比他想像中的要差。

三點鐘的時候，林東匆匆告辭，臨行前與周文泉又說了幾句，鼓勵他不要失去信心。周文泉苦笑著說原來都是他鼓勵學生，現在反倒是要學生來鼓勵他。從周文泉的話中可以聽出他現在的心境有多悲涼。

開車去了醫院，到體檢科拿了體檢報告。上面的指標和資料都不是林東能看明白的，他就找到了大夫，讓醫生看看有沒有問題。醫生看了看林家二老的體檢報告，告訴林東二老的身體非常健康，但看到了羅恒良的體檢報告，眉頭一下子就擰成了一個疙瘩。

林東心裏咯噔一下，看著醫生駭人的表情，問道：「醫生，怎麼了？」

醫生放下體檢報告，輕聲說道：「你是羅恒良什麼人？」

林東心裏有種不祥的預感，答道：「我是他的學生，也是他的乾兒子。」

「是這樣的，你老師的肺可能有點問題，帶他過來做個詳細的檢查吧。」醫生面無表情的說道，做這行做久了，見慣了生老病死，身心早已麻木了。

林東卻是一怔，他今天才見到周文泉的病容，難道羅恒良也難逃劫難嗎？壓制住內心的焦慮，沉聲問道：「醫生，我老師可能是什麼病？」

那醫生輕飄飄丟下一句話，「現在還不能確定，等做了詳細的檢查再說。」說完低下了頭，翻起了桌子上的報紙。

林東怒不可遏，「砰」的拍了桌子，站起來怒罵道：「你是什麼醫生！什麼態度啊！」

周圍的護士和醫生紛紛朝這邊看來，好奇的打量他們，不知發生了什麼事情。

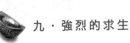

那醫生慢條斯理的放下報紙，摘下眼鏡，緩緩說道：「你發什麼脾氣？我們醫生說話是要負責任的，沒做過詳細檢查，我對你說什麼都是不負責任的。」

林東壓住心中火氣，覺得這醫生說的也有些道理，說不定羅恒良什麼問題都沒有，一切都等做過詳細的檢查才能下定論。出了醫院之後，林東實在是不知該怎麼對羅恒良說，羅恒良是個聰明人，如果讓他來做更詳細的檢查，一定會猜到可能是自己被查出有了問題。

林東實在是不知道該怎麼開這個口，開車來到縣委大院的門口，想要進去卻被門外攔住了，要他把工作證拿出來，否則不准進去。林東哪來的什麼工作證，好話跟那門外說了一大通，可人家就是板著臉，任憑他把口舌說爛，就是不讓進。

沒辦法，林東只能給顧小雨打了個電話，說在門口被門衛攔住了。如果是以前，顧小雨肯定會在第一時間趕到門口帶他進去，而這次顧小雨只是給值班室打了個電話，讓他們放心，並未親自來接。林東就知道顧小雨其實心裏還生他的氣。

縣委辦公樓是一座高六層的小樓，嚴慶楠的辦公室在最上面。

到了六樓，瞧見顧小雨站在樓梯口，像是在等他又不像是在等他。林東心中暗道，看來上次在雙妖河那裏的談話是把這個老同學給得罪了。但轉念想想自己做的並沒有錯，感情方面，他實在是不願再有更多的煩心事了。

「班長，嚴書記在嗎？」

既然顧小雨冷若冰霜，林東也就打算開門見山，他這次來是辦正事的，而不是找老同學敘舊的。

顧小雨冷冷說道：「跟我來吧。」

嚴慶楠的辦公室裝飾很簡單，白淨的牆面上掛著幾幅字畫，除了一張還算比較新的沙發，其他的東西都很破舊了。

此時，門被推開了，身後傳來嚴慶楠爽朗的笑聲。

「哈哈，林總，怎麼來也不提前告訴我？怠慢了貴客，可不要怪我啊。」

林東轉身和嚴慶楠握了握手，「嚴書記，今天我是臨時有事才登門打擾您的。」

嚴慶楠是個直性子的人，連寒暄都省去了，開門見山的問道：「林總，說吧，找我啥事？」

「兩件事。」林東笑著道：「第一，是大廟子鎮中學學生宿舍的事，宿舍還是六七十年代的房子，十分破舊，陰暗潮濕，住在那樣的環境裏，許多學生都得了皮膚病，我當年也深受其害。嚴書記，上面難道真的連修建宿舍的錢都拿不出來嗎？」

嚴慶楠笑了笑，「林總啊，縣裏有多少錢我很清楚，其他地方也很需要錢，教育方面的投入每年都有，而且都是早已制定好了的，現在追加的話，恐怕其他部門也會來找我要錢。坐在我這個位置上，要一碗水端平，希望你諒解。」

「真的不可能了嗎？」林東盯著桌上的茶杯道。

嚴慶楠沉默了一會兒，「撥二十萬給大廟子鎮中學，我也只能給那麼多了。」

她是看在林東的面子上，若是學校的領導親自過來，恐怕早已被她打發了。

林東知道嚴慶楠的難處，「嚴書記，我替大廟子鎮幾百名住校生謝謝你。」

嚴慶楠面露苦笑，「說吧，第二件事是什麼？」

林東輕聲道：「還是關於錢的事。」

嚴慶楠端著茶杯，低頭吹著杯中的茶沫，心想如果這林東再請她出錢幹嘛，那到底是否應該答應呢？財政著實拮据，要她拿出更多的錢來，實在是件難事。

林東想到周文泉被病痛折磨得不成樣子的那張臉，就不禁心痛起來，沉聲說道：「嚴書記，我想給縣中周文泉老師捐一筆款子。」

嚴慶楠的眉頭紓解開來，輕聲笑道：「周老師怎麼了？」

林東歎道：「老師對我有恩，現在病魔將他折磨得不成樣子了。」

嚴慶楠弄清楚了原委，連連哀歎，半晌沒有說話。周文泉屬於公職人員，生了病沒有受到公家照顧，反而林東主動提出來要捐款，這實在讓她感到無處放臉啊。

「林總，那你為什麼不自己給他呢？」

林東歎道：「並不是我想博得一個樂善好施的好名聲，老師倆口子的性格我瞭解，如果我直接給他們錢，他們肯定是不會接受的，所以才想到通過縣裏把錢給他們，萬萬不能透露出這錢是我捐的。」

嚴慶楠聽後頗為感動，「我這個縣委書記沒做好，讓老百姓們受苦了。」

林東從懷中掏出了支票本，填了三十萬，撕下來放在了桌上，「嚴書記，那就麻煩你了。你公務繁忙，我就不打擾了。」

嚴慶楠親自把林東送到門外，回來之後把顧小雨叫了進來。

「兩事件！第一，通知財政局馮遠山，撥二十萬給大廟子鎮中學修建新宿舍，專款專用；第二，把這張支票裏的錢取出來，通過教育局的名義送到縣中一個叫周文泉的老師手裏。」

「周文泉？」

顧小雨和林東是同班同學，周文泉也曾是她的物理老師。

嚴慶楠見顧小雨驚訝的表情，問道：「你也認識？哦，你和林東是同學，他也是你的老師吧，生了很嚴重的病，急需要錢。」

顧小雨記住了嚴慶楠吩咐的這兩件事，拿著桌上的支票走了出去，先給縣財政局的局長馮遠山打了個電話，傳達了嚴慶楠的意思，然後帶著支票親自去了教育局。她瞭解教育局的那幫人，如果就這麼把這種支票給他們，估計送到周文泉手裏不會超過十萬。周文泉是她的老師，她沒林東那麼有錢，但卻可以保證這三十萬一分不少的送到周文泉手裏。

林東開車回到大廟子鎮的時候，已是下午五點多了，太陽掛在西天邊角，紅彤彤的像個大火球，他不知道怎麼跟羅恒良開口，想不出好的說辭，只好停下了車，一直到冷風四起，他才開車往羅恒良家去了。

車緩緩停在了羅恒良家的門口，羅恒良家的門是開著的，林東走到屋裏，叫道：「乾爹，你在家嗎？」

房間裏傳來羅恒良的咳嗽聲，「東子啊，我在房裏呢。」

林東走進了房裏，「乾爹，批作業呢。」

羅恒良點點頭，放下了筆，指了指床，「你就坐那兒吧。」

林東坐在床邊上，把他的體檢報告遞了過去，羅恒良看了半天，上面儘是一些數字，雖然每個字都認識，但卻不瞭解是什麼意思，只能抬眼看著林東。

「乾爹，有個好消息要告訴你。」

鎮上中學建宿舍的問題他已經找嚴慶楠解決了，林東打算先報喜後報憂，希望這個好消息能讓羅恒良開心點，那也方便他遊說羅恒良去醫院複檢。

「什麼好消息？」羅恒良笑問道。

林東說道：「我找了嚴書記，她答應給咱鎮上中學撥二十萬建新宿舍。」

「真的啊，那太好了！」

羅恒良激動的猛的站了起來，多少師生想要解決的難事沒解決，而他乾兒子一出馬就輕易的解決了，這讓他又高興又自豪。

林東趁機說道：「乾爹，明天你別去上課了，我帶你再去趟城裏。」

「做什麼？」羅恒良皺眉問道。

林東編了個謊話，笑道：「醫院說今天上午檢查的時候出了點小紕漏，有些地方可能不準，讓你再去重新做一次檢查。」

羅恒良擺擺手，「那個不急，課總要上的，這樣吧，等到星期天再去，我一個人去就行了，你事情多就忙你的去。」

「乾爹，學校的課你就找人代個班嘛，最多耽誤你一天時間。就這麼說定了啊，明早我來接你。」林東說完就要往門外走，想用這種方式逼迫羅恒良答應他，卻被羅恒良叫住了。

「你回來，先別急著走。」

羅恒良看著林東，林東那麼急著讓他去做檢查，已讓他心裏有了不好的預感，估計很可能是自己被查出來有問題了，「東子，你跟我說實話，我是不是被查出來得了什麼病了。」

林東笑了笑，「乾爹，你別瞎捉摸好不好，沒有的事。」

羅恒良的目光鎖定了林東的眼睛，用眼神逼迫他說真話。

林東無奈歎道：「乾爹，你別緊張，醫生只是讓你去做個詳細的檢查，並沒有說你得了病。」

羅恒良移開了目光，沉默半晌，悠悠歎了口氣，「唉，我這身體可能是真的出毛病了，我有感覺。」

林東握住羅恒良的手，老師的手冰涼一片。羅恒良雖然心裏早有準備，但聽了林東的話，依然覺得有些難以接受。他熱愛教師這份工作，離不開那三尺講台，離不開活潑可愛的孩子。他害怕病魔會奪走他的健康，奪走他教書的能力。

「乾爹，醫生也沒下定論，你別擔心，興許就是白擔心一場呢。」

羅恒良重重點點頭，「東子，你乾爹大半輩子都在教書，平時大道理沒少教學生，可事到臨頭，說實話我還真是怕啊。我還不到五十歲，我不想早早的離開講台……」說到後面，羅恒良泣不成聲，老淚縱橫。

林東說了許多安慰的話，把學生時代羅恒良教育學生的話都搬出來了，什麼愈挫愈勇、要有信心什麼的。

羅恒良打電話給教導主任請了假。林東害怕他一個人在家胡思亂想，乾脆就把他接到了家裏，讓他跟林父做伴，至少可以排解鬱結，令心情舒暢些。

羅恒良現在六神無主，只得聽林東的，於是就跟著林東去了柳林莊。到家之後，林東一看父親不在家，就知道父親一定在雙妖河的工地上，就對羅恒良說帶他去看看雙妖河造橋的盛況。

二人並肩而行，來到工地上，正好是收工的時候。工人們開著摩托車各自歸家去了，林父收拾工具從河底走了上來，瞧見了他倆。

「喲，老羅來啦。」

羅恒良勉強笑了笑，「老林，你們這幹的是熱火朝天啊。」

林父哈哈一笑，從兜裏掏出煙遞給羅恒良。

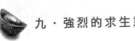

「爸，乾爹不抽煙。」

林父瞪了兒子一眼，「混賬東西，我和你乾爹又不是認識第一天了，他抽不抽煙我還不知道？」

羅恒良擺了擺手，「老林，這煙和酒從今天開始我都戒了。」

林父一愣，望著羅恒良，「這怎麼回事啊？」

羅恒良也沒瞞他，就說明天要去做詳細的檢查，身體可能出毛病了。

林父想一想羅恒良這段時間的精神面貌，果然驗證了他的擔心不是多餘的，拍拍羅恒良的肩膀，「老羅，別擔心，你不會有事的。走，咱回家去吧。」轉而對林東說道：「你留下來看東西，吃過了飯我過來換你。」

林東就坐在河畔上，看著西沉的落日，一點也感受不到落日之美，只覺此情此景竟是如此的淒涼。羅恒良中年離異，膝下無兒無女，如果再讓他患上重病，那這老天可就真的是不開眼了，竟要這麼安排一個好人的命運。

對於人而言，什麼最重要？

錢？權？

這些都不重要，只要是身外之物，那麼就不重要，都比不上健康重要。擁有健康的體魄，能跑能跳，就擁有了征服全世界的可能。健康是人類的第一大財富，只有失去了健康的人，或許才能真正體會到其中的真意。

夜風之中，傳來了不急不緩的腳步聲，林東轉身望去，一道手電筒的光芒射了過來，他看到了兩個人，林父與羅恒良都來了。

二人說笑著走到林東面前，林東朝羅恒良看了一眼，發現他的情緒明顯要比白天高很多，心裏不禁鬆了一口氣。

「爸，你怎麼把乾爹也給帶來了？這裏風寒，乾爹怕冷的。」

羅恒良笑道：「東子，別怪你爸，是我執意要來的，今晚我與他都住草棚子裏，咱倆老哥們好好聊聊。」

林父說道：「待會我把你大海叔那個草棚子裏的被子都抱過來，那樣就不會冷了。東子，你回家吃飯去吧。」

有父親陪著羅恒良，林東放心得很，點了點頭就回家去了。

第二天一早，林東醒來之後就去把羅恒良叫了回來，因為要做體檢，羅恒良依舊不能吃早飯。林東快速的吃完了早飯，開車載著羅恒良就去了縣城。

在去縣城的途中，林東給馬玲華打了個電話，說還要請他幫忙。跟馬玲華簡明的說了情況，馬玲華立馬就意識到了問題的嚴重性，如果之前的體檢沒有問題，那肯定是不會帶來再做詳細的檢查的。

馬玲華為林東聯繫了醫院裏的專家，然後就去停車場等他了。看到林東開了賓士過來，馬玲華確定林東這老同學是真發財了，心中感慨萬千。從顧小雨那兒得知，連嚴書記都對林東禮待有加。

馬玲華不僅是林東的同學，更是個生意人，精明的生意人，既然自己的同學之中出現了這麼一號厲害的人物，當然應該善加利用這層關係了。她要做的就是在林東用得著她的時候竭盡所能的幫助林東，等到她有需要的時候，林東自然不會涼薄了她。

林東推開車門下了車，拉開了後排的車門，羅恒良從車裏跨了出來。馬玲華快步跑到前面，扶住了羅恒良的胳膊，她知道這個瘦瘦的中年男人是林東的乾爹，也是他的恩師，就一口一個「羅老師」的叫著。

「林東，我替你約好了專家。現在我帶羅老師去做檢查，檢查過後我直接拿著片子帶著你們去找專家。」

林東連聲道謝，「馬鈴薯，真是太感謝你了，你為我省去太多麻煩了。」

「咱們是多年的老同學了，說謝謝就見外了啊。」馬玲華微微一笑，然後就和羅恒良聊了起來。說了許多開導的話，要羅恒良不要擔心。

馬玲華親自把羅恒良帶到心肺科，交給了那裏的主任醫師。由主任醫師帶著羅恒良去做詳細的檢查去了。

林東和她站在外面，馬玲華瞧出林東臉上是一臉的擔憂之色，於是就故意不斷的挑出話題。讓林東分出心神，以便讓林東不要一味的擔憂羅恒良的情況。檢查報告要下午才能出來，羅恒良做完檢查之後已經是中午了，馬玲華二話不說就拉著他們出去吃飯，她要請客。

吃過午飯之後，離看報告還有幾個小時，馬玲華就在用餐飯店的樓上給林東和羅恒良開了套房，讓他們在裏面休息，而她則趕回醫院去了。林東安排羅恒良睡下，自己則靠在沙發上睡不著，羅恒良的情況一刻沒弄清楚，他就一刻都無法安睡。

兩點鐘的時候，兜裏的電話響了，拿出來一看，是馬玲華打來的。

電話接通之後，馬玲華壓低聲音問道：「羅老師睡著了嗎？說話是否方便？」

林東此刻心往下一沉，已猜到了馬玲華接下來可能要說的話，「方便。」

馬玲華低聲歎了口氣，「林東，你要有心理準備，羅老師的報告我拿到了，情況很嚴重，肺癌中期。」

「肺癌中期」這四個字猶如一個深水炸彈似的在林東腦子裏炸開了，一時間頭腦裏空白一片，似乎連思維都停滯了。

「林東、林東……喂，你在聽電話嗎？」

好半天林東才回過神來，聽到了電話裏傳來的馬玲華滿含焦慮的聲音。

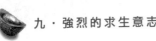

「老同學，我在聽電話，能否告訴我，我乾爹這病治癒的希望大不大？」

馬玲華在知道檢查結果之後立馬就拿著片子找到了醫院裏治療肺癌的專家，問專家這病治癒的可能性有多大，專家告訴她一半一半。從羅恒良的病情來看，剛到肺癌中期，如果及時治療，那還是有希望治癒的，但也不排除病情突然惡化的可能。專家還告訴她，目前山陰市的醫療條件很差，建議如果有可能，儘快帶著病人去條件好的醫院治療。

馬玲華把從專家那邊聽來的話轉述給了林東，「林東，情況就是這樣的，儘快帶羅老師去好醫院治療吧。對了，你要調整好你的情緒，不要流露出悲觀的負面情緒，否則會影響羅老師的。他能以怎樣的心情對待這個病，很大程度上決定了他是否能戰勝病魔。」

「我知道了，玲華，謝謝你。」林東抹了抹眼角，做了幾個深呼吸。

馬玲華道：「要不先不告訴羅老師真相？如果需要，醫生這邊我幫你囑咐。」

「不要了，我乾爹是聰明人，瞞不住他的，與其讓他在惶惶不安之中胡亂猜測，倒不如讓他早點知道，早作心理準備。」林東已經做了決定，要把羅恒良的實際情況告訴他，然後帶著羅恒良去蘇城，安排最好的醫院、最好的大夫給他看病。

馬玲華道：「這樣也好，長痛不如短痛。林東，那你現在就可以帶著羅老師過來了。」

掛了電話，林東朝房裏望去，羅恒良躺在床上，一臉的安詳。

等過了一刻鐘，就聽到了房裏傳來窸窸窣窣的穿衣聲，羅恒良穿好了衣服從房裏走了出來。瞧見林東坐在沙發上抽煙，笑問道：「東子，你沒睡？」

「乾爹，我不睏，過來坐坐。」林東指了指左邊的沙發。

羅恒良在沙發上坐了下來，抬眼望著林東，「你有話跟我說吧。」

林東重重點了點頭，「乾爹，的確是有事情跟你說。今天下午回去之後，學校那邊你去請個長假，然後我帶你去蘇城逛逛，你辛苦了大半輩子，沒出過遠門，也該天南地北的到處轉轉了。」

「把你面前的煙盒遞給我。」羅恒良的聲音透露出一絲威嚴，林東猶豫了一下，還是把煙盒遞給了他。

羅恒良的手有些哆嗦，拿著煙盒好不容易才從裏面抽出了一支煙，「啪」的一聲點燃後猛地吸了一口，「東子，告訴我，我得了啥病？」

「中期肺癌，醫生說有很大的機率治癒。」林東說了實話，「乾爹，跟我去蘇城，那裏醫療條件好，對治癒你的病很有幫助。」

當聽到「肺癌」兩個字，羅恒良夾著煙的手一抖，煙掉在了地上，他迅速的撿了起來，又猛地吸了一口，一口煙霧進了肺中，嗆得他劇烈的咳嗽起來。林東趕忙把他手裏的煙奪了下來，碾滅在煙灰缸裏。

「咳咳……咳咳……」羅恒良捂住嘴，他的肺就像是漏了風的風箱，呼呼的往外跑氣。這一下足足咳了一刻鐘，羅恒良的臉憋得通紅，仰面靠在沙發上，雙目無神的看著頭頂上璀璨輝煌的水晶吊燈。過了一會兒，他忽然「哇」的一聲哭了出來，雙手捂著臉，哭的是那麼的淒慘。

哭聲停了之後，羅恒良的情緒穩定多了，伸手接過林東遞來的面巾紙，擦乾了眼淚。

「東子，你乾爹活在這世上還有未了的心願，我的一篇關於農村中學教育的課題還沒做完，那是我花了二十年的心血搜集來的資料，再有兩年應該就能出稿子了。我得多活幾年，不能讓二十年的心血白費！」

林東從他眼裏看到了強烈的求生意志，握住羅恒良的手說道：「乾爹，只要你不放棄，病魔決不能帶走你的生命。課題的事情先放在一邊，現在你要做的就是吃好睡好，以積極樂觀的心態面對病魔，配合醫生的治療。萬事你不要煩心，一切有我呢。」

羅恒良點點頭，「行，我都聽你的。」

車子緩緩駛離大廟子鎮，羅恒良望著窗外逐漸變得陌生的景色，心情也如今天的天氣一般，是個大霧天，雖然太陽掛在天上，卻只能看到一個盤子大的銀色亮輪子，何時陽光才能驅散霧氣，他心底沒底。

出了山陰市，已經將近中午，霧氣漸漸散了，林東就加快了車速，等到上了高速之後，林東就讓羅恒良靠在座椅上休息。

還沒到蘇城的時候，高倩就給林東發來了簡訊，說是一切都已安排好了。林東回了一條簡訊給高倩，說下午四點左右能到蘇城，他會直接帶著羅恒良去醫院。

等到羅恒良睜開眼，透過車窗，看到外面是鱗次櫛比的高樓大廈，馬路上車行如梭，川流不息，完全是一副盛世景象。

「東子，這是到哪兒了啊？」

林東說道：「這就是小橋流水人家的蘇城了。乾爹，醫院已經安排好了，找了這裏最好的醫院和最好的大夫，我相信乾爹的病一定能治好！」

羅恒良咧嘴一笑，只是笑容有些苦澀，他得的畢竟是癌症，等於一隻腿已經邁進了鬼門關裏。

到了九龍醫院，林東把車停在了地下的停車場，然後就給高倩打了個電話。高倩告訴他讓他去住院部的九樓，她已經在那兒等他們了。林東拎著羅恒良的行李，帶著他一起朝住院部走去。

到了住院部九樓，林東一眼就望見了高倩。

「乾爹，看到那個女孩沒有？」林東指著高倩笑道。

羅恒良道：「看到了，長得真俊啊。」

「她就是你乾兒媳婦，叫高倩。」

高倩走到羅恒良面前，笑道：「這位就是乾爹吧，乾爹一路辛苦了吧，我叫高倩，待會我就帶你去房間裏休息。」高倩的熱情大方給羅恒良留下了很好的第一印象，不禁在心裏為林東高興，這女孩無論是人才相貌還是品性氣質，都配得上他的乾兒子。

有高倩在，羅恒良的一切手續都是由她辦理，而她則是在醫院院長的親自陪同之下辦完了所有手續。

因為有這層關係，院長也暗暗記下了羅恒良這個病人，特意吩咐醫護人員多加關照這個病人，不僅調配了最好的病房給他，而且還選派了三名醫院裏最好的護士伺候羅恒良的一切生活起居，可說是關懷備至。

院長把羅恒良送到病房之後就走了，羅恒良見到這富麗堂皇的病房，驚訝的嘴巴都合不攏嘴了。

「這是病房嗎？」他訝聲問道，「感覺我像是進了皇宮似的。」

這間有一百二十多個平方，三室一廳，裏面什麼都有，一律採用國外進口的傢俱，看上去不像是病房，倒像是五星級酒店的總統套房。

林東扶著羅恒良進了病房，笑道：「乾爹，這是這家醫院裏最好的病房，許多達官貴人想住還不一定能住得進來，多虧了高倩，否則還住不進來呢。」

羅恒良趕緊向高倩致謝：「小高，老頭子的事讓你費心了，多謝多謝。」

高倩莞爾一笑，挽著林東的胳膊，「您是林東的乾爹，就是我的乾爹，您的事情就是我們自己的事情，千萬不要說謝的，那樣多生分啊。」

林東和高倩把羅恒良安頓下來之後，羅恒良因為一路奔波，有些疲憊。於是就上床休息了。等他睡著之後，林東和高倩離開了病房，二人離開了住院部的大樓。到九龍醫院的花園裏去逛了逛。

二人牽手走入花園裏，信步走了走。傍晚時分，有許多病人在護士或者是家人的陪同下來到這裏散步，也有興致好的老人在一旁舞劍和打太極。

「倩，乾爹得了這種病，我心裏非常難過，我們家一家都與他關係非常好，所以我爸媽可能最近這段日子不會過來和你爸爸商量咱們結婚的事情。我會跟五爺講明情況，你不要怪我啊。」

高倩微微笑道：「傻子，我又不是那種不分輕重蠻不講理的人，知道你們現在心情都不好，怎麼會生你的氣呢？我爸爸那邊也很好說，他最重情義了。知道你對你乾爹那麼好，心裏開心還來不及呢。」

高倩是那麼的體貼懂事，林東心裏充滿了濃濃的幸福感，把她擁入懷中，一時間柔情蜜意，情不自禁的擁吻在了一起，久久方才分開。

「東，今晚我去你那裏住……」高倩把臉貼在他的胸膛上，輕聲呢喃道。

第十章 逃脫不了獵人的掌心

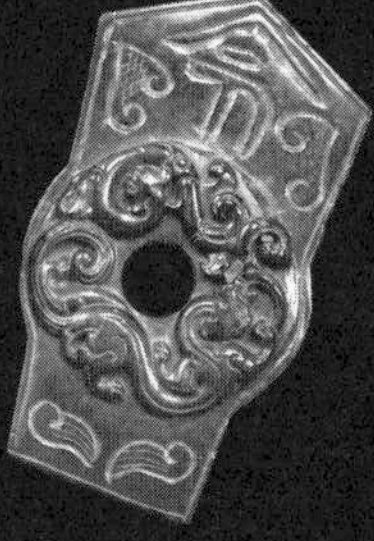

林東坐到了電腦前面，查看各項資料，從資料上來看，秦建生可說是非常的小心，似乎一直有所提防，不敢大量的進貨，微微有點漲幅就立馬拋出，落袋為安。

由此可以看出，秦建生並未完全信任陸虎成。

「管先生，此局你打算如何破解？」林東摸出了煙，點上後吸了一口。

管蒼生微微笑道：「再狡猾的狐狸也逃脫不了獵人的掌心。」

第二天一早，高倩醒來之後就趕去了溪州市。林東則是先去了九龍醫院，到那裏與羅恒良聊了一會兒的天。羅恒良知道他事情繁多，所以很快就催促他走，說如果有事情會打電話給他，讓他不用每天都來看他。

離開九龍醫院之後，林東就去了金鼎投資公司。已經有很久沒過問公司裏的事情了，上段時間的精力大部分都放在了地產公司那邊，但他一直將金鼎投資公司作為自己所有事業的根基，從來都沒有輕視這一塊。

金鼎投資公司目前營運方面已經走上了正軌，他無需凡事都親力親為，只要把事情放手給可靠的人才去做，那麼公司的發展就不會出現大問題。

從陸虎成的龍潛投資公司回來之後，林東深感到金鼎投資公司與國內一流的私募公司之間的差距，所以在與溫欣瑤進行了一次幾個小時的國際長途溝通之後，他就決定將金鼎投資公司提升一個檔次。

龍潛投資公司是國內最優秀的私募公司，他們現有的結構非常的合理，是很好的榜樣。在經過一番深思熟慮，結合金鼎投資公司的實際情況之後，林東做出了一些改變和調整，制定出了一套方案，並將方案下發給公司的中層領導，群策群力，查漏補缺，不斷的完善方案。這段時間以來，他雖然人不在公司，但金鼎投資公司卻在他的指揮之下悄然發生著改變。

現在的金鼎公司，已將建金大廈整個八層全部租了下來。隨著體制的越來越健全，公司的人數也在不斷的增多，原來的那點地盤已經不夠用了。

乘電梯到了八樓，林東就感受到了一股凝重肅穆的氣氛。在這種氣氛之中，他所見到的每一個員工的臉色都有些凝重，甚至連笑臉都見不著。

他熟悉這種氣氛，當初金鼎初創之時，他們幾個的臉色也幾乎每天都是這樣。只有在戰鬥之中，員工們才會有這種臉色。

進了辦公室之後，他看了看桌子上的一堆檔案。他不在的時候。楊敏會將所有需要他過目的檔案按分類放在他的辦公桌上，方便他回來查閱。檔案中有一項就是公司日記，由楊敏負責撰寫，將公司每天發生的事件簡略的記錄下來。

看完了公司日記。這些天金鼎投資公司所發生的事情林東也就了然於胸了。原來金鼎投資這邊和龍潛投資已經都開始行動了，他們正在玩一個捉獵物的遊戲，秦建生這個獵物卻還當自己是獵人，不知危險悄然臨近。

為了取得秦建生的信任，管蒼生與陸虎成商量之後，決定放點血，借陸虎成之嘴告訴秦建生一些金鼎投資公司的機密，而秦建生得知了一些操作策略，在幾支股票上成功狙擊了金鼎投資公司，使金鼎投資公司蒙受了不大不小的損失。

陸虎成和管蒼生已經挖好了陷阱，金鼎公司以自身為誘餌，不斷的從身上割肉丟出去，引誘秦建生入甕。而秦建生這隻餓狼卻總有餵不飽的時候，吃了一塊肉還想吃下一塊，也就一步一步的被引向陷阱。

林東迅速的看完了所有檔案，走出了辦公室，公司多了許多陌生的面孔，他還未來得及認識。今天既然來了，就應該見見新同事，省得以後有些同事不知道老闆是誰。

「嗨，哥兒們，你是新來應聘的吧？」

林東去了一趟廁所，廁所裏進來一個高高壯壯的年輕人，年紀大概三十左右，很是熱情，主動與林東聊起了天。

林東笑問道：「怎麼，你就是這家公司的？」

這胖子哈哈一笑。「是啊，我以前在農行的省行幹過，現在跳槽到這裏來了，剛來沒多久。對了，你來應聘什麼職位？」

林東道：「你叫什麼名字，怎麼看得出來我是來應聘的？」

這胖子伸出手，笑道：「我叫吳騰青，瞧你眼生，所以猜測你是來應聘的。以後很可能咱們就是同事了，握個手，請多多關照。」

林東對這吳騰青有些好感，這人能言善道，就是個自來熟，這種人很能吃得開，又在農行省行工作過，積攢了不少有用的關係，楊敏把他招進來，這人算是招對了。

二人都在噓噓，吳騰青忽然伸手要跟林東握手，林東只好搖搖頭。

「我覺得這地方不是握手的好地方，你說呢？」

吳騰青「噢噢」了幾聲，點了點頭，「兄弟你說得對！咱們待會洗了手再握也不遲。」

吳騰青先尿完了，林東走到外面，發現他還在等他，洗了手之後扯了面紙擦乾了手，吳騰青立馬就伸出了手，並且說道：「洗過了，絕對乾淨。」

林東和他握了手，吳騰青更加熱情了幾分，「走，管人事的楊姐跟我很熟，我帶你去找她。」

「楊姐？」林東心中暗道，楊敏今年才二十五歲，吳騰青這傢伙看上去至少也有三十歲了，也不怕把楊敏叫老了。

「這邊，跟我走。」

吳騰青拉著林東往辦公室走去，推開楊敏辦公室的門，「楊姐，有個來面試的新人，我給你帶來了。」

楊敏正在伏案工作，聞言抬頭一看，林東正站在吳騰青的身後，指著林東問道：「這就是你說的新人？」

吳騰青笑嘻嘻的點點頭，「楊姐，就是他。」

楊敏臉一冷，「吳騰青，告訴你多少次了，不要叫我楊姐，我可比你小八歲呢。」

吳騰青連連點頭。

楊敏道：「你知道你身後的那位叫什麼名字嗎？」

吳騰青撓撓頭，轉身問林東道：「兄弟，你還沒告訴我，你叫什麼名字呢？」

「我叫林東。」林東微笑道。

吳騰青皺著眉頭，覺得這個名字有點耳熟。

楊敏掩嘴一笑，「我看下次再招聘人，應該在筆試中增加一項內容，那就是考有關公司的歷史。」

「為什麼？」吳騰青居然傻傻的問了一句。

楊敏站了起來，「吳騰青，你個二愣子，你居然把咱們林總拉到我這兒來應聘，不想幹了嗎你！」

「林總？」

吳騰青渾身一顫，驚愕的看著林東，他剛進公司不到一星期，沒見過林東，只知道這家公司的老闆姓林，沒想到今天熱情過了頭，居然把老闆拉到了人事這裏來。

「林總，那個……我實在是不知道啊。」吳騰青苦著臉道。

林東擺擺手，「沒事沒事，小吳，你是哪個部門的？」

吳騰青見林東沒有生氣，放下心來，笑道：「林總，我是公關部的新兵，我去工作了。」說完就一陣煙溜走了。

吳騰青走後，林東問道：「小楊，吳騰青這人不賴，安排在公關部是最合適的了。」

楊敏笑道：「他現在是萬花叢中的唯一一片綠葉，整個公關部清一色的美女，只有他一個是男的，不過就是有些油嘴滑舌。吳騰青在省城的農行分行裏工作了七八年，家在蘇城，父親從政，母親經商，在蘇城有許多關係，所以我安排他去公關部做事。他原先是應聘產品研發部門的，後來聽說公關部清一色全是美女，都沒要我開口勸，就欣然赴任去了。」

林東點點頭，「你是用對人了，公關部哪個不是能言會道的人，這個吳騰青，以後能成為公關部的一把好手。」

楊敏原先以為林東會生氣，沒想到居然誇了自己，心裏不禁鬆了口氣，說道：「林總，你很多天沒來公司了，所有需要你過目的檔案我全都放在你的辦公桌上了。」

林東笑道：「我已經看過了，好了，你工作吧，我去資產運作部看看。」

林東先去了資產運作部一部，到了那間集體辦公室，才發現少了不少人，就連崔廣才和劉大頭都不在辦公室裏。

「人都去哪裏了？」

在交易時間內，辦公室裏少了三分之一的人，這令林東有些生氣。

一名老員工說道：「林總，咱領導帶著好手都去支援二部去了。這裏的事情有我們這些人就可以了。」

林東這才知道為什麼少了那麼多人，鼓勵了眾人一番就去了二部的辦公室。

還未進二部的辦公室，他就感覺到了那股強烈的凝重氣氛，推門走了進去，看到的每個人的臉都是凝重的。

「林總……」

有人瞧見了他，人群裏響起了七七八八的打招呼聲。

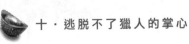

林東走到管蒼生身旁，「情況怎麼樣？」

管蒼生道：「秦建生不愧是老狐狸，貪婪又狡詐。你看這幾支票！」

林東坐到了電腦前面，熟練的查看了各項資料，從資料上來看，秦建生可說是非常的小心，似乎一直有所提防，不敢大量的進貨，微微有點漲幅就立馬拋出，落袋為安。由此可以看出，秦建生並未完全信任陸虎成。

「管先生，此局你打算如何破解？」林東摸出了煙，點上後吸了一口。

管蒼生微微笑道：「再狡猾的狐狸也逃脫不了獵人的掌心。」

吃過午飯之後，林東沒在金鼎投資公司逗留多久，馬不停蹄的奔赴溪州市。那兒的戰役需要他親自指揮，也是需要他花大力氣的地方。到了溪州市，林東沒有回公司，而是直接去了公租房的施工現場。

雖然只是短短離開了幾天，但公租房卻從不曾離開他的心裏，始終牽絆著他。金河谷在爭奪之中輸給了自己，以他對金河谷的瞭解，這傢伙很可能會在背地使些陰招，對他的工程做手腳。這也是林東為什麼自打開工之後，就一直緊盯這個專案的原因。

車子開到工地週邊，林東下車之後，從後車廂裏找出安全帽，戴上安全帽走進了工地裏。因為前段時間一直在這裏泡著，所以工地上的工人大多數都認識他，見到林東，一個個客氣的跟他打招呼。

工程開始之初，就在工地南邊用鐵皮搭建了一個工程指揮部。

林東走了五六分鐘就到了那裏，還沒進去，就聽到了裏面熱熱鬧鬧的聲音，像是在吵架似的。

「糟了，不會是我不在的時候，底下的人相互掐起來了吧？」

林東心中暗道，難怪凡事都得有個頭，否則一旦掐起來了，沒有人從中決斷，那事情就得亂了套了。

推門而入，只見裏面有三五個工人，還有指揮部的幾個領導，居然周雲平也在。

「這是怎麼回事？」

林東指著坐在地上的一人，那人雙手被綁在身後，身上捆綁著沾滿泥土髒兮兮的粗繩子，頭上的頭盔掉在了地上，臉上青一塊紫一塊，嘴角還掛著血跡，一副工人的模樣，看樣子是挨打了。

周雲平趕忙走到林東跟前，低聲說道：「老闆，你別發火，這人是奸細。」

「奸細？工地上也有奸細了？」林東訝聲問道。

任高凱扯起大嗓門吼道：「林總，這小子就是奸細，我們正在拷問他呢。」

「是啊，是啊。」

工程指揮部的辦公室裏其他人紛紛回應。

林東抬起了手，示意眾人安靜。「現在是法治社會，有你們這樣對待人的嗎？趕緊給解開，我問他幾句話。」

既然老總吩咐，就算是其他人心裏有不願意的，也只得照做。任高凱親自把那人身上的繩子解開了。

林東指了指凳子，「請坐吧。」

那人倒是也不客氣，一屁股坐了下來。

「你叫什麼名字？」林東笑問道。

那人一翻白眼，「關你屁事。」臉上透露出狠勁，看來是剛才被打毛了。

林東微微一笑，對任高凱說道：「老任，拿根煙給他抽。」

任高凱極不情願的掏了一根中華給他，那傢伙卻朝他嚷嚷道：「給了煙卻不給打火機，到底還讓不讓我抽？」

若不是林東在場，任高凱肯定是衝上去就踹他一腳，但既然剛才林東吩咐他給煙，就應該儘量滿足這傢伙的要求，憤恨的給這傢伙點了煙。這人悠哉悠哉的吸了起來，一根煙吸完，一句話都沒說。

「兄弟，你是哪條道上的？」林東繼續發問。

那人搖搖頭，態度有所好轉，不像剛才那樣翻白眼了，「對不起，無可奉告！」

林東招招手，把任高凱叫到了門外，說道：「把情況跟我說說。」

任高凱道：「林總，是這樣的……」

原來這傢伙是今天下午才出現在工地上的。穿了一身髒兮兮的衣服，挎著一個軍用帆布包，兩眼賊兮兮的，四處亂看。

公租房專案建設至今，因為工程巨大，專案還沒成型，所以也沒什麼高樓遮擋。

這傢伙混進了工人群中，偷偷的取出了帆布包裏的東西，竟然是一包炸藥。正當他埋炸藥的時候，被一起去撒尿的武奎勇和李全安兩個人發現了，這二人不知道他手裏拿的是什麼東西，但看他賊眉鼠眼的，還以為是偷工地上的東西了，本想把他逮住訛一頓飯吃，沒想到抓住之後卻發現那傢伙手裏拿的是一包炸藥！

武奎勇和李全安都是膽大的人，立馬就把那人扭送到了指揮部的臨時辦公室。

「炸藥？」

林東心下震駭，那可是會要人命的東西，這人跟誰有仇，工地上那麼多工人，他要拿這玩意過來？

林東陰沉著臉，推門進了裏面，在那傢伙對面坐了下來，拍著桌子怒道：「我問什麼你說什麼，否則我立馬送你去警察局。哼，私自藏有炸藥並企圖危害他人生命安全，這罪名我看你承不承受得起！」

那傢伙依舊是吊兒郎當的樣子，鼻孔裏出氣，似乎沒把林東的話放在心上。

林東操起電話，迅速翻出陶大偉的電話，「大偉……」

陶大偉就在附近，接到林東的電話之後，馬上開著警車趕到了這裏，推門問道：「兄弟，這是怎麼了？著急上火的把我叫過來。」

林東指著對面的那人說道：「這個傢伙扛著炸藥包到我的工地上來，我想問問如果判刑會判多少年？」

陶大偉身穿警服，一身正氣，朝林東對面的那人瞄了一眼，那人只覺全身發冷，忍不住打了個寒顫。

「這罪可就大了，沒個十年八年出不來。是讓我來拿人的嗎？那我現在就帶他回局裏去。」

林東擺擺手，「兄弟，你先去外面抽根煙，我有幾句話想問問他。」

陶大偉點點頭，「好，有事你招呼，我出去抽根煙。」

陶大偉走後，林東冷笑道：「你聽到了吧，現在員警就在外面，你如果不想跟他走，那麼我問什麼你就答什麼。」

「你真的能讓他不帶我走？」

剛才還鎮定自若的這人開始直冒冷汗。

林東點點頭，「他是我兄弟，他會聽我的。」

「我全都說了，我叫茅康，道上的兄弟都叫我三康子，前兩天有個人找到我，給了我兩千塊錢，要我帶著炸藥包來這裏放一炮。」

茅康害怕坐牢，一五一十全都說出來了。

林東並不想為難他，他在乎的是花錢請茅康來這裏放炮的人，問道：「是誰給你錢讓你來炸我的工地的？」

茅康搖搖頭，「我是道上的，義字為天，我不能出賣兄弟。」

林東微微冷笑，「那好，你就跟我的兄弟回警局吧。」

林東作勢欲要站起，那人嚇得屁滾尿流，連忙叫道：「別、別……我說，是虎頭給我錢讓我來的。」

「虎頭是他的諢號吧，大名叫什麼？」林東站了起來，雙手撐住桌子，俯視茅康，釋放出絕大的壓力與威勢。

茅康滿臉都是細密的汗珠，結結巴巴的說道：「虎頭大名叫李義虎，老闆，我全都說了，我求你放過我吧。」

「如果你今天所說的有半句假話，我保準抓你回來，親自送你去局子裏！」林東一揮手，「滾吧。」

那人腳底抹油，「嗖」的一聲就躥了出去。

陶大偉推門走了進來，他清楚林東是把他叫過來嚇人的，也一眼就看出來茅康就是個小混子，抓他也沒什麼意思。

「炸藥呢？那東西太危險，我得帶回局裏。」

林東朝任高凱望去，任高凱會意，從角落裏拿來一個帆布包，送到了陶大偉的手裏。

陶大偉掂了掂重量，皺起了眉頭。

「我說員警叔叔，你可小心著點，裏面可是炸藥！」任高凱抱著頭，面朝著門口，已做好了隨時衝出去的準備。

陶大偉笑道：「大家別擔心，我估計裏面的炸藥很有可能是假的，走，都出去吧。」

眾人走到了門外，找了一個空闊的地方，陶大偉把炸藥從帆布包裏拿了出來，掂了掂分量，然後又湊鼻子聞了聞，冷冷笑了起來。

「這裏面不是炸藥。」

他下了定論，伸手去拆炸藥包。任高凱等人見到他這種玩命的行為，立馬後退十來米。

炸藥包被陶大偉幾下就給拆了，裏面竟然是沙子，摻雜了一點硫磺，根本就炸不了。

「這沙子就算我免費送給你們工地的了。林東，沒啥事了吧？那我走了啊。」

林東伸手抓住了陶大偉的手，說道：「兄弟，別急著走，有些事我還得拜託你。」

陶大偉笑道：「什麼事，你說。咱倆之間不興藏著掖著的。」

林東歎道：「我拿到了這個專案，很多人都眼紅，今天是假炸藥，明天說不定就來真的。這件事不能就那麼算了，我得把幕後的指使者抓出來，殺一儆百，以儆效尤。你幫我查查李義虎這個人，剛才那人說是李義虎給他錢讓他來放炮的。」

陶大偉點點頭，「明白了，估計李義虎背後還有人，等我消息吧，查清楚了我聯繫你。」

林東送他上了警車，二人揮手道別。

周雲平走到林東身後，看著遠去的警車，記住了陶大偉的模樣，低聲問道：「老闆，他就是穆倩紅的男朋友吧？」

林東微微一笑，「你知道了還來問我？」

周雲平冷冷道：「哼，不過如此。」

林東知道周雲平被穆倩紅拒絕了心裏不好受，趕緊安慰了他一番，告訴他天涯何處無芳草，伴侶何必要在窩邊找，要他開拓眼界，尋找更適合自己的女人。

工地上鬧出了炸彈事件之後，雖然林東嚴令在場的所有人不要將此事宣揚出去，但世上沒有不透風的牆，也不知是誰嘴快，這消息馬上就在工地上傳開了，一時之間，工人們人心惶惶，工作都不帶勁了，有不少人更是跟工頭說不幹了。他們知道賺錢固然重要，但是錢跟性命比起來，那就是不值一提了。

公租房這專案十分緊迫，市政府很想儘快建好，同時金鼎建設這邊又要保持工程的品質，所以必須要多請工人。現在建築工人非常難找，走掉一個對整個工程來說都是一種損失。

在這種人心惶惶的氣氛之中，人心思動，已有不少同鄉的集結在一塊兒，討論離開工地的事情。

任高凱作為工程部的主管，剛開始的時候還不在意，走了一個兩個他連留都不留，後來成群結隊的要走，他就著急了，於是特意擺了幾桌酒席，把幾百號工人裏面的頭頭們全部請到了飯店裏，請求他們做做思想工作，挽留住那些要走的工人。

金鼎建設給的工資的確很高，而且伙食待遇也非常好，從各方面來說都比同類公司給的要好，這些工人們心裏都清楚，這些工頭們的心裏更清楚。

「今天我老任豁出去了，兄弟們，我連乾三大碗，請在座的弟兄一定幫老哥度過難關，大恩大德，哥哥我沒齒難忘。」

酒桌上，任高凱的面前擺了三個白瓷大碗，他拎起一瓶酒，將三個碗倒了八分滿，正好一瓶酒倒光，甩手把酒瓶往後一扔，「噹」一聲摔得粉碎，碎了一地的玻璃碴子。

任高凱一口氣喝了三碗，頭有些發暈。趕緊扶住椅子的靠背。他酒量不錯，如果慢悠悠喝的話，一斤酒根本不會頭暈，不過剛才喝得太猛太急，兩隻腿已經在桌下打顫了。

「任總，工人們要走，你著急，咱們也著急啊。可是他們決心要走，我們又能怎麼辦呢？總不能用鐵鏈子把他們拴住吧。」

任高凱的誠意是打動了在場的所有工頭，不過這件事確實棘手，眾人縱然是有心幫忙，卻也沒有那個能力。

「任總，你給咱們想個辦法，你說怎麼辦，咱們就怎麼辦。都聽你的。」

酒勁上湧，任高凱連喝了幾口水才把酒勁壓了下來，剛才眾人吵吵嚷嚷的說了些什麼他也沒聽清楚。

「你們剛才都說什麼了？我都喝成這樣了，不幫忙不應該了吧？」

「不是不幫忙，而是不知道該怎麼幫。大傢伙都磨破嘴皮子了，可工人們害怕再有人來炸工地，害怕丟了性命，都不願在這兒幹了呀，我們又有什麼法子啊。」

任高凱這回聽清楚了，頹唐的低下頭。「大家吃菜，可別浪費了，一桌菜兩千來塊呢。」

好吃好喝招呼了工頭們一頓，任高凱貼了萬把塊錢不說，還把自己灌倒了。工頭們都喝得到位了，一個個相互攙扶著出了飯店，誰也沒去管倒在桌子下面的任高凱，等他醒來的時候，天已經晚了。

「這幫王八蛋……」

任高凱捶了捶腦袋，從地上爬了起來，拎起茶壺裏的冷水往嘴裏灌了幾口，口乾舌燥的感覺微微減輕了些，不過腦袋仍是疼得像是要炸開似的。想起二十來歲的時候，那會兒也曾那麼喝過酒，一口氣乾了一斤半，也沒醉成今天這個熊樣，看來還是年紀大了，歲月不饒人，人上了一定的歲數就逞不了強了。

扶牆走出了飯店，任高凱坐進了小車裏，靠在車墊上瞇了一會兒，思來想去這事情他是解決不了了，必須得讓林東知道，否則被林東發現人走得太多，到時候肯定要拿他問罪。

任高凱揉了揉太陽穴，看了看窗外，夜幕還未完全降臨，窗外的天灰濛濛的，四月的中旬，南方街道上的風已經有些溫度了，吹在人身上很舒服。他發動了車子，回家去了。

第二天上午，林東剛到工地，任高凱隨後就跟了過來。

「老任，找我有事？」

林東下車關好了車門，微微笑道。

任高凱點了點頭，「林總，確實是有事情要向你彙報。」

林東發現任高凱臉色蠟黃，拍了拍他的肩膀，「這陣子你太辛苦了，瞧你的臉色不太好看，明天放你一天假，好好在家休息休息。」

任高凱摘下頭盔拿在手裏，擦了擦腦門上的汗，點點頭說道：

「林總，我哪還能睡得著啊！自從上次那孫子抱著個炸藥包來之後，工地上人心惶惶，大傢伙都害怕再有人來搗亂，已經走了一些工人了。老任我無能，這事我實在處理不了了。林總，您得想開辦法，不然人就都走光了！」

林東眉頭一皺，他萬萬沒料到事情會發展到這種地步，厲聲喝道：「不是讓你們保密了嗎！誰他媽那麼大的嘴巴？」

任高凱兩手一攤，一臉無奈的表情，林東見他如此，心裏的火氣也發不出來，知道這事情也怪不得任高凱，斷然不會是他說出去的，誰會沒事給自己惹大麻煩呢。

心裏忽然靈光一閃，林東猛然想到，幕後的主使者既然讓茅康拿了個假的炸藥包過來，那麼他的目的就不是來炸毀工地，而是擾亂人心，造成人心惶惶的混亂局面。

「我怎麼早沒想到！」

任高凱道：「林總，你想到解決問題的法子了？」

林東擺擺手，「我說的不是那事，老任，我們都糊塗啊，人家擺明了不是想炸我們的工地，目的就是造成現在這種工人不斷流失的狀況，如果沒了工人，那咱們這工程還怎麼往下做？」

任高凱一拍腦門，頓時明白了，「對啊！狗日的太狡猾了！林總，那現在這局面咱們該怎麼收拾？」

林東踱著步子，問道：「到現在為止，已經走了多少人了？」

任高凱事先做好了準備，脫口而出：「已經走了三十六個了，還有不下一百個想走的，估計是捨不得咱們這兒的伙食，所以目前還沒走，不過我看他們已經快要走了。」

林東丟掉了煙頭，踏腳上去碾滅了，對任高凱說道：「你馬上就把所有工人都召集起來，我有話要跟大家講！」

任高凱點點頭，轉身往工地跑去，忽然又折了回來，「林總，我覺得這事情不能用強，採取點懷柔政策吧。」

林東不置可否，擺了擺手，「我自有打算，你趕緊去吧。」

任高凱不敢多說什麼，一陣風似的跑了，反正他已經把情況彙報了出去，既然領導沒有怪罪，那就算逃過一劫了。

林東立在風中，嘴裏叼著一支煙，煙還沒抽完，任高凱就帶著所有工人趕來了。幾百個工人站在他面前，上千雙眼睛看著他，都在等待林東的講話。任高凱走到林東身旁，低聲道：「老闆，人來了。」

林東微微點頭，「你去指揮部裏拿一個擴音機來。」

任高凱轉身就朝指揮部跑去，很快就回來了，把擴音機交到林東手上，然後恭敬的站在林東身後。

「各位，近來因為炸藥包那件事咱們的工地被搞得人心惶惶，還走了不少兄弟，我不但不怪他們離開了我的工地，反而很理解他們。今天我把大家召集起來，主要就談一談這個事情。」

林東的目光從人群中掃過，眾人皆是一臉的期待。這些人都不想離開這裏，只是害怕再有上次那樣的事情發生，雖然上次茅康帶來的是假炸藥，但不代表不會有人帶真傢伙來。如果因為那樣而丟了性命，那賺再多的錢都不值得。

林東瞭解他們的心理，只要給出一個讓他們安心的理由，這些人就不會離開這裏。

「上次的事情透露出咱們一個很大的問題，那就是咱們這裏太容易進來了，十個人都能大搖大擺的從大門走進來。這種情況很不好，所以我會找一個保安小隊過來。不僅在大門口安排值班的崗哨，還會在工地四周安排人巡邏。與此同時，在場的每一位會在不久之後拿到一張胸卡。那東西將會成為你們以後出入工地的憑證。雙重防護，我想即便是有人想搗亂，也不會那麼容易了。」

人群裏議論聲四起，那些執意要走的人已經有些動搖了。

「再說一點，我林東，金鼎建設的老闆，每天都會來工地，這是大家有目共睹的。我都不怕死，你們怕什麼？」

擴音機裏傳出來的聲音在工地的上空盤旋，清晰的傳入每個人的耳中。

眾人似乎恍然有所頓悟，人家大老闆，比我們年輕、比我們有錢，他的命多精貴。他都不怕死，我們怕什麼？他娘的，他不怕死，我們就不怕！

「我最後再說一點，如果還有想離開的，那我不會挽留，但是請打算留下來的兄弟請記住，只要你們肯出力，能在工期之內完成工程，我林東在此說一句，到時候少不了大夥的紅包！別問我紅包有多大，我只會告訴你很大！」

嘩！

人群裏譁然了，眾人議論紛紛，有些剛才還想走的人已經打定了決心不走了，這裏好吃好喝，而且工資比別處高，離開這裏可就找不到這麼好的老闆了。

「老闆，我們不走了。」

已經有工人嚷嚷了起來。

林東把擴音機對準嘴巴，「好了，話就說那麼多，打算跟著我幹的，就回去幹活吧。」

不一會兒，人群就散了。

工人們全部走後，任高凱在林東的背後豎起了大拇指，心道這小子什麼都不跟我說，原來是什麼都想好了，威逼加利誘，果然奏效。

「林總，服了，我這塊老薑也辣不過你。」任高凱呵呵笑道。

林東微微一笑，「記住，別把工人當不相干的人，要把他們當成是你的朋友，要學會從他們的角度和立場去思考問題，搞明白他們需要什麼，那一切事情就好辦了，問題自當迎刃而解。」

任高凱細細品味了林東這番話，不住的點頭，覺得說的很有道理。

工人們出來打工，無非是想賺錢，只要解決了他們的安全問題，並且允諾分給他們更多的錢，那他們還有什麼理由要離開這裏。

二人回到指揮部的臨時辦公室，任高凱笑嘻嘻的道：「林總，那個……你剛才說的話算數嗎？」

「什麼話？」林東喝了口茶，問道。

「我明天是不是可以在家休息一天？」任高凱笑問道。

林東抬頭朝他看了一眼，「老任，我瞧你這臉色忽然又好了，我看你還是繼續辛苦辛苦吧，你也知道工地上忙，離不開人的。」

任高凱失望的搖了搖頭，又問道：

「你真的打算等工程結束之後發給工人們獎金嗎？我還沒聽說有建築工拿獎金這事，再說了，那麼多工人，那可是一大筆錢啊。公租房專案結束之後，他們就走了，我看到時候咱們不必兌現。」

「你錯了！」

林東站了起來，說道：「建築工也是人，他們是講感情的，維護好和他們的關係，對公司以後的發展是很重要的。以前是沒人給建築工發獎金，但我林東敢開這個先河。現在願意做建築工的人越來越少，這已經成為了稀缺的工種，這時候還不抓緊維護和他們的關係，以後需得著的時候就得著急了。」

任高凱仍是有些不贊同林東的意見，在他看來，只要出得起錢，事情總會有人來做的。

對於林東這種「出格」的行為，他不贊同也不反對。老闆愛給人發獎金那是老闆自己的事情，只要不少了他那份，給建築工發多少他都無所謂。

整整一天，沒有一個人來指揮部結賬走人，說明林東的那番話真的奏效了。任高凱懸著的一顆心總算是放了下來，自此之後，他對林東的佩服又加深了幾分。這個年輕人，總能想出解決問題的法子，好像什麼都難不倒他似的。

林東一直在工地上待到六點鐘，今天他和工人們一起在工地的食堂裏吃了晚飯，這讓工人們倍感親切。

工人們當中不乏有在外面打工十幾年的老工人，但大老闆與建築工蹲在一起吃飯的場面還真是第一次見到。

有些人會覺得這老闆沒架子，但大多數人都還是願意和林東接觸的，他們渴望瞭解老闆，渴望瞭解老闆的一切，因為所有的老闆在他們心裏總是蒙著神秘的面紗的，這正是人的天性，對於不瞭解的事情，有天生的探索欲。

離開工地，林東打算開車去柳枝兒那裏，還在路上，電話響了，一看是陶大偉打來的，立馬接通了電話。

「大偉，是不是事情有進展了？」

電話裏傳來陶大偉爽朗的笑聲，「哈哈，這點小事還難得住我嗎？都給你查清楚了，林東，怎麼樣，有時間嗎今晚？」

林東笑道：「我剛吃完飯，陪你吃飯是不可能了，要不咱們去體育館見面，一對一鬥牛，怎麼樣？」

「這可比吃飯帶勁！」陶大偉興奮的說道，「我半個小時內到，咱們體育館停車場見。」

請續看《財神門徒》之十四　詭秘交易

財神門徒 之13 獵狐行動

作者：劉晉成
發行人：陳曉林
出版所：風雲時代出版股份有限公司
地址：105台北市民生東路五段178號7樓之3
風雲書網：http://www.eastbooks.com.tw
官方部落格：http://eastbooks.pixnet.net/blog
Facebook：http://www.facebook.com/h7560949
信箱：h7560949@ms15.hinet.net
郵撥帳號：12043291
服務專線：(02)27560949
傳真專線：(02)27653799
執行主編：劉宇青
美術編輯：許惠芳

法律顧問：永然法律事務所 李永然律師
北辰著作權事務所 蕭雄淋律師

版權授權：蔡雷平
初版日期：2015年11月
初版二刷：2015年11月20日
ISBN：978-986-352-073-3

總經銷：成信文化事業股份有限公司
地　址：新北市新店區中正路四維巷二弄2號4樓
電　話：(02)2219-2080

行政院新聞局局版台業字第3595號 營利事業統一編號22759935
©2015 by Storm & Stress Publishing Co.Printed in Taiwan
◎ 如有缺頁或裝訂錯誤，請退回本社更換

定價：280元　特價：199元
版權所有　翻印必究

國家圖書館出版品預行編目資料

財神門徒 ／ 劉晉成著. -- 初版-- 臺北市：風雲時代，
2015.04 -- 冊；公分

ISBN 978-986-352-073-3（第13冊；平裝）

857.7　　104015647

風雲時代

風雲時代